倉阪鬼一郎

きずな水　人情料理わん屋

実業之日本社

実業之日本社文庫

きずな水　人情料理わん屋　目次

きずな水 人情料理わん屋

第一章　三つくらべ

一

「おっ、そうめんもそろそろ終《しま》いだから食っていくか」

通りかかった印半纏《しるしばんてん》姿の男が、わん屋の前に出ていた貼り紙を指さして言った。

「煮茄子《になす》そうめん膳か。あっかたいのか冷やっこいのか分かんねえな」

その職人仲間とおぼしいつれが首をひねった。

「ま、食ってみりゃ分かるぜ」

もう一人の男が言った。

「わん屋の中食《ちゅうじき》の膳はすぐ売り切れるからな」

「おう、入った入った」

そろいの印半纏の男たちはわん屋ののれんをくぐった。

「いらっしゃいまし」

すぐさま弾んだ声が響いた。

おかみのおみねの声だ。

「三人さまで？」

手伝いのおちさが問う。

「おう。いちばんいいとこを頼むぜ」

職人衆のかしらが戯《ざ》れ言《ごと》まじりに答えた。

「檜《ひのき》の一枚板の席が空いておりますので」

おみねが身ぶりをまじえた。

職人衆が奥の厨《くりや》の前の席に陣取ると、すぐまた数人の客が入ってきた。わん屋の中食の膳は人気で、一日三十食か四十食と数をかぎって出すから、ばたばたしているうちにすぐ売り切れてしまう。

「はい、お膳三つ」

あるじの真造《しんぞう》が張りのある声で告げた。

「はいよ」

おみねがすぐさま動いた。

中食のわん屋は合戦場《かっせんば》のような忙しさだ。

真造もおみねも手伝いのおちさも大車輪の働きになる。

「おっ、また目が回るような膳が来たな」

運ばれてきたものを見て、職人衆のかしらが言った。

円い盆の上に、円い平椀《ひらわん》が載っている。膳の顔の煮茄子そうめんだ。

そればかりではない。小ぶりの円い茶碗《ちゃわん》には、茸《きのこ》の炊き込みご飯が盛られている。さらに、青菜のお浸しの小鉢と香の物の小皿も円い。

通油町《とおりあぶらちょう》のわん屋の料理は、必ず円い器で供される。木の椀に、陶器の碗。ぎやまんの器に、竹細工の曲げ物。すべてが円い。

世の中が円くおさまるようにという願いをこめて、すべての器を円くしたのだが、ときどき客から「目が回る」と言われる。

「煮茄子そうめんって、冷たいつゆなんだな」

「おいらはそう思ったぜ」

「おっ、茄子がうめえ」

職人衆はわいわい言いながらさっそく食しはじめた。

焼いても蒸してもうまい茄子だが、もちろん煮ても美味だ。これを冷たいぶっかけそうめんにのせ、葱《ねぎ》やおろし生姜《しょうが》をあしらったのが真造の工夫だった。まだまだ残暑が厳しいから、井戸に下ろして冷やしたつゆが客にはありがたい。

「はい、おあと二膳」

「続いて、もう二膳」

おみねとおちさが競うように声を張り上げた。

「はいよ」

真造が短く答えて、また手を動かす。

「駄目よ、円造《えんぞう》」

おみねがあわてて声をかけた。

わん屋の跡取り息子の円造は、満で言えば一歳と四か月あまりだ。歩けるようになったおのれが誇らしいのか、ただ単によろずのものが珍しいのか、思いがけない動きをするので目を離せない。

むろん小さい頃はおみねか真造が背負子《しょいこ》に乗せていたのだが、体がずいぶん大きくなって長いあいだ背負うのがつらいし、歩けるようになった円造がそもそも背負われるのを嫌がるようになった。お客さんも気にかけてくれるし、好きなようにさせているのだが、ときどきはらはらさせられる。

いまも客の膳のほうへとことこと近づいて手を出そうとしたから、おみねがあわてて止めたところだ。

「おぜん」

円造は客の膳を指さして言った。

「おう、よく言えたな、円坊」

「しゃべれるようになったんだ」

あとから来た二人の常連が笑みを浮かべた。

「しゃべるうちに入ってませんけど」

おみねも笑う。

「だがよ、こりゃあ、おいちゃんらの膳だからよ」

「腹減ってんだ。食わしてくんな」

客はそう言って箸を動かした。

そんな按配《あんばい》で、ほうぼうでにぎやかな声が響くうちに、あっという間に中食の膳の残りが少なくなってきた。

「はい、お膳あと三つ」

真造が大きな声で告げた。

「承知で」

おみねがあわてて外に向かった。

「しょうち」

円造が同じことを言う。

「ありがたく存じました」

おちさは勘定だ。

表へ出てくると、ちょうどなじみの左官衆が三人、急いでわん屋へ向かってくるところだった。

「あ、ちょうど三人分ございます」

おみねが弾んだ声で告げた。

「おお、ありがてえ」

「あぶれちまうかと思ったぜ」

「助かった」

左官衆の顔に笑みが浮かんだ。

「お三人さま、ご案内ー」

見世《みせ》に向かって告げると、おみねはつくり直したばかりの立て札を出した。

こう記されていた。

けふの中食うりきれました
またのお越しをお待ちしてをります
わん屋

二

「跡取りさんは昼寝かい?」

七兵衛《しちべえ》がおみねに問うた。

通《とおり》二丁目の塗物問屋、大黒屋《だいこくや》の隠居で、わん屋の常連中の常連だ。せわしない中食のときは避け、中休みを経た二幕目に顔を出すのが常だ。今日もお付きの手代《てだい》の巳之吉《みのきち》を連れている。隠居とはいえ、長年培ってきた顔を活かした得意先回りなどのあきないもまだまだ行っている大旦那だ。

「ええ、やっと寝てくれました」

いくらか疲れた顔つきでおみねが答えた。

「今日はいろいろしゃべってましたから」

　真造がそう言って肴《さかな》を出した。

　舞茸《まいたけ》とほうれん草のお浸しだ。さっと酒炒《さかい》りした舞茸に、ゆでてだし醤油《じょうゆ》で味つけしたほうれん草を合わせて、削り節を天盛りにする。盛り付けたのは木目が美しい木の椀だ。

「たくさんしゃべったのかい」

　七兵衛が驚いたように問うた。

「いえいえ、『きのこ』とか『ごはん』とか、一つの言葉をたくさんしゃべっただけです」

　真造は笑みを浮かべた。

「はは、それもたくさんのうちだよ」

　隠居が温顔で言った。

　ほどなく、普請仕事をいち早く終えたそろいの半纏姿の大工衆がどやどやと入ってきて小上がりの座敷に陣取った。厨はにわかに忙しくなった。

　茸や茄子に加えて、秋刀魚《さんま》や鰺《あじ》などもふんだんに入っている。真造の包丁は小気味よく動いた。

そのうち、一枚板の席も埋まってきた。常連が続けざまにのれんをくぐってきたからだ。

「おお、これは大河内《おおこうち》さま」

大黒屋の隠居が軽く頭を下げた。

「おう」

いなせに手を挙げたのは、隠密廻《おんみつまわ》り同心の大河内鍋之助《なべのすけ》だった。

鍋之助と言うと平たい顔が思い浮かぶが、ひそかに「錐之助《きりのすけ》」と呼ばれているくらいで、あごがとがった細面《ほそおもて》だ。

「あとで海津《かいづ》の旦那も来る」

わん屋のあるじに言うと、大河内同心は手下《てか》の千之助《せんのすけ》とともに一枚板の席に腰を下ろした。

海津力三郎《りきさぶろう》与力は大河内同心の上役で、先だっての大川泳ぎくらべで男を挙げてかわら版にも載った。

「何かあるんでしょうか」

秋刀魚の蒲焼《かばや》きをつくりながら、真造は問うた。

秋刀魚はむろん塩焼きもうまいが、活きのいいものは刺身でもいけるし、蒲焼きもなかなかに乙だ。

「先生もまじえてちょいと相談をと」

大河内同心は一緒に来たもう一人の男を手で示した。

「枯れ木も山のにぎわいで」

戯作者の蔵臼錦之助《くらうすきんのすけ》が笑みを浮かべた。

多芸多才と器用貧乏は紙一重だが、この男はまさにそうで、戯作に当たりが出ないときはかわら版の文案をつくったり、引札（宣伝）の文句を思案したり、果てはその異貌を活かして浅草《あさくさ》の奥山の因果小屋で呼び込みをしたりしている。

「わたしらは外したほうがいいかい？」

七兵衛が手代のほうを手で示した。

「いや、ご隠居はここの知恵袋だ。話に加わってくんな」

大河内同心は気安く言った。

「なら、心安んじて」

隠居はお浸しの残りを口に運んだ。

「そんな眉根を寄せての相談事でもねえもんで」

千之助が湯呑《ゆの》みに手を伸ばした。

人形かと見まがうほど色が白い千之助はまったくの下戸だから、わん屋では茶しか呑まない。忍びの血を引いている異能の男ゆえ、いざというときに役に立つ。

「まあ、くわしくは海津の旦那が来てからで、まずは腹ごしらえを」

大河内同心が市松模様の帯をぽんと手でたたいた。

今日は飴屋《あめや》に身をやつしているから、帯の柄も派手だ。

「はい、お待ちで」

真造が秋刀魚の蒲焼きの皿を出した。

わん屋では一匹まるごとの塩焼きより、少々わけあって蒲焼きのほうが多い。

「先生には茸の炊き込みご飯かそうめんをお出しできますが」

真造は蔵臼錦之助に問うた。

犬でも食いそうな面相の戯作者だが、意外にも生《しょう》のものが苦手で、なぜか玉子と鮪《まぐろ》の赤身しか口にしない。

「そうめんに具は？」

戯作者が問う。

「中食には煮茄子を載せましたが、そちらは売り切れてしまったので、代わりに椎茸《しいたけ》の甘辛煮や錦糸玉子や胡瓜《きゅうり》などを」

真造は答えた。

「ああ、そりゃいいね。わたしにもおくれでないか」

先んじて隠居が言った。

「おれは両方くんな」

大河内同心が手を挙げた。

「おいらはそうめんだけで」

千之助が続く。

「では、やつがれも」

戯作者がしんがりをつとめた。

ほどなく、そうめんと炊き込みご飯が出た。

「おーい、徳利《とっくり》二本」

座敷の大工衆から声が飛ぶ。

「はい、ただいま」

おみねがすぐさま動いた。

手伝いのおちさは、二幕目は習い事に行くこともある。手が足りないときのおかみは忙しい。

「うん、これはどっちもうめえな」

大河内同心が相好を崩した。

「椎茸がどちらでもいいつとめをしてるじゃないか」

隠居が笑みを浮かべる。

「炊き込みご飯は、ほかに舞茸と平茸を入れています。茸は三種を取り混ぜると格段にうまくなるもので」

手を動かしながら真造が言った。

「性分の違う手代さんが三人いたら、お店《たな》が栄えるようなもんだね」

七兵衛がうまいことを言った。

「脇役の油揚げもおいしゅうございます」

手代の巳之吉がいつものようにうまそうに食し、一枚板の席に和気が満ちたとき、大河内同心が控えめに右手を挙げた。

客がまた入ってきたのだ。

「おう」

悠然と姿を現わしたのは、海津力三郎与力だった。

三

海津力三郎与力は大河内同心の上役だ。

両人ともに「町方でございい」という顔をしているが、実はそうではなかった。世に知られない密命を帯びている、言わば隠密与力と隠密同心なのだった。

平生は江戸の朱引きの内側を縄張りとしている。そこだけを見れば町方とまったく変わりがない。

さりながら、日の本を股にかける盗賊を追ったりするときは、平然と朱引きを越え、どこへでも出かけていく。忍びの末裔《まつえい》の千之助や、からくり人形を操るおもかげ堂の異能のきょうだいなどの手下とともに、わずかな頭数で難敵と相対してきた与力と同心が根城としているのが、このわん屋だった。

「このあいだ大川でやった泳ぎくらべには、ずいぶんな見物衆が出てくれた」

押し出しのいい海津与力がそう言って、鮑《あわび》の刺身をこりっと嚙《か》んだ。

同じ円い器でも、これはぎやまんが似合う。ぎやまんと唐物《からもの》を扱う千鳥屋《ちどりや》の自慢の品だ。

「かわら版にも載って、海津さまもずいぶんと男を上げられましたからな」

大黒屋の隠居が笑みを浮かべた。

「その文案を思案したのは、ほかならぬやつがれでございますが」

蔵臼錦之助が自慢げに言った。

「まあ、おれの話はいいんだが」

海津与力は箸を置いて続けた。

「このあいだの泳ぎくらべは、おれと町方の水練組に火消しが加わって競ったんだが、意想外なところから『われらもぜひ』という声が上がったと思ってくれ」

海津与力はそう言うと、大黒屋の手代のほうをちらりと見た。

「ここだけの話ということでしたら、われわれは外しましょう」

それと察して、七兵衛が腰を浮かせた。

「いや、ご隠居はわんや屋の知恵袋だからいいんだが」

与力があわてて右手を挙げた。

「では、手前だけ先にお店へ戻らせていただきます」

巳之吉が察しよく言った。

「悪いな。信を置いていないわけじゃないんだが」

与力が言った。

「すまねえな。いていいかと思ったんだがよ」

大河内同心もわびる。

「いえいえ、お先に失礼させていただきます」

気のいい手代は一礼すると、急いで去っていった。

「で、意想外なところとは？」

手代の背を見送ってから、隠居がたずねた。

「それが……さる大名家なんだ」

海津与力は声を落とした。

「前の泳ぎくらべは大変な人出で、なかには小舟に乗って見物していた人もいたくらいです」

すでに同心から事情を聞いているらしい戯作者が言った。

「すると、お大名が見物されていたと」

松茸の網焼きの手を動かしながら、真造が言った。

「そのとおりだ。酔狂な大名もいたもんだ」

海津与力はそう言って猪口《ちょこ》の酒を呑み干した。

「で、その大名が言うには、今度はわが藩の精鋭も参加したいと」

大河内同心が伝えた。

「ははあ、また泳ぎくらべでございますか」

大黒屋の隠居が納得顔で言った。

「いや、そうじゃねえんだ、ご隠居」

同心がにやりと笑った。

「さる大名家が後ろ盾になって行おうとしているのは、まさに前代未聞の試みでしてな」

一物ありげな顔つきで、蔵臼錦之助が言った。

「どういう試みです？」

わん屋のあるじがたずねた。

「泳ぎくらべのあとに競《くら》べ馬をやり、最後に駆けくらべをして勝負を競う。これなら江戸じゅうを使った壮大な三つくらべになるっていう案だ」

海津与力は答えた。

「そりゃまた酔狂な」

隠居が額に手をやった。

「なるほど、三つくらべを……はい、お待ちで」

まだ他人事《ひとごと》のような顔つきで、真造は肴を出した。

松茸の網焼きだ。奇をてらわず、焼いて醤油をいくらか垂らしただけだが、秋の恵みの味がする。

しばらく座敷の客の相手をしていたおみねが戻ってきた。同心と戯作者が手際よくいきさつを伝えると、わん屋のおかみはすぐ呑みこんだ。

「それはどこのお殿様で？」

少し声を落として、おみねはたずねた。

「仙台の伊達《だて》とか、あるいは水戸藩とか？」

隠居も低い声で問う。

「いや、そんなでけえ藩じゃねえんだ」

大河内同心が右手を挙げた。

「たぶん、聞いたこともねえような小藩で」

千之助が言った。

「大和高旗藩《やまとたかはたはん》だ」

海津与力は明かした。

真造はおみねの顔を見た。

たしかに、聞いたことがない。おみねも軽く首を横に振った。

「山間《やまあい》の小藩だが、暮らし向きは悪くないらしい。そこの藩主の井筒美濃守高俊《いづつみののかみたかとし》は江戸生まれで、大川で水練をしながら育ったという変わり種だ」

与力が言った。

「なるほど、それで泳ぎくらべを見物に」

七兵衛がうなずいた。

「大した構えじゃないが、上屋敷も大川の近くにある。それでうわさを聞いてお忍びで見物してみたところ、おれも出ていたから手前味噌《みそ》だが、聞きしに勝る面白さだと感じ入ったらしい」

与力はやや自慢げに言った。

「で、そのお大名が『今度はわが藩も加わってみたい。それも、競べ馬と駆けくらべも加えて』と酔狂なことを言いだしたわけですよ」

戯作者が話をそこに戻した。

「お大名なら、たとえ小さくても馬に乗れる藩士はいるでしょうからね」

真造が言った。

「前の泳ぎくらべに出た火消し衆も、上を統《す》べる役人は馬に乗れるし、韋駄天《いだてん》もいくたりかいるらしい。三つくらべは望むところだろう」

海津与力はそう言うと、残った鮑の刺身を胃の腑《ふ》に落とした。

「して、最後に残りしは」

蔵臼錦之助が与力のほうをちらりと見た。

「海津さまは馬にもお乗りになれるのでは？」

おみねがややいぶかしそうに訊《き》いた。

「いや、おれは泳ぎ手だから」

与力は笑みを浮かべた。

「いくら何でも、大川を懸命に泳いでからまた馬に乗るのはつらすぎる。かと言って……」

与力は手下のほうを見た。

「わたしは馬が苦手で」

大河内同心が白状した。

「おいら、走るのならだれにも負けねえんですがねえ」

千之助が太腿《ふともも》をたたいた。

「町方から助っ人に入ってもらったらいかがです？」

隠居が案を出した。

「ああ、それでそろいますね、海津組」

おみねがいつのまにかそう名づける。

「いや、それも考えた。捕り物のときは、町方か火盗改《かとうあらため》から捕り手を借りたりするからな」

与力がそう言って、また猪口の酒を呑み干した。

「ただ、せっかくあと一人なんだからな」

大河内同心が千之助のほうを手で示した。

「泳ぎと走りはほかよりずっと強《つえ》えはずだから、馬は手堅くつないでくれりゃいいんで」

千之助が言った。

「そのとおり。そこで相談なんだが」

海津与力は猪口を置いて、わん屋のあるじの顔を見た。

「あるじの長兄は神社の神主で、白い神馬《しんめ》に乗ってるな？」

影御用の与力はまなざしに力をこめた。

「すると、兄に馬を？」

　真造は驚いたように問うた。

　長兄の真斎《しんさい》は西ヶ原《にしがはら》村の依那古《いなこ》神社の宮司だ。知る人ぞ知る邪気祓《ばら》いの神社の宮司は、浄雪《じょうせつ》という目が覚めるような白い神馬に乗っている。かつて通油町のわん屋までよく目立つ馬に乗ってやってきて、江戸の衆の目を引いたことがあった。

「そのとおり」

　海津与力はうなずいた。

「べつに気張って勝ってもらわなくてもいいんだ」

　同心が言った。

「泳ぎは海津さま、走りはおいらがいるから、あいだを慎重につないでもらえれば」

　足自慢の千之助が太腿を手でたたいた。

「なら、抜かれてもいいと？」

　おみねがいぶかしげな顔つきになった。

「しっかりつなぎがてら、江戸の町を祓ってもらえればいい」

　海津与力は答えた。

隠居がいくらか身を乗り出した。

「祓うんですか」

「そのとおり。いまに始まったことじゃないが、江戸の町ではさまざまな災いが起きた。火事もあれば嵐もあった。たちの悪いはやり風邪もはやっている。そういった邪気を祓うために、神馬に乗った神官に出てもらえれば、こんなありがてえことはないんだが」

与力は熱を入れて語った。

「頼むぜ。兄さんに掛け合ってくんな」

大河内同心が両手を合わせた。

「……それはいつまでに？」

真造はたずねた。

「急ぐ話じゃないんだ」

与力はすぐさま答えた。

「いざ三つくらべをやるとなると、いろいろと根回しが要る。段取りをつけねばならないことも多い。まずはどこの組が出るか、陣立てのあらましをつくってから細かいところを詰めていくわけだから」

影御用の与力は笑みを浮かべた。

「ここは、ひと肌脱ぐところかね」

隠居が温顔で言った。

「どうする？　おまえさん」

おみねが問う。

「……分かりました」

わん屋のあるじは与力に言った。

「そのうち、話をしてみます」

真造は芯のある声で告げた。

第二章　白い神馬

一

翌《あく》る日の二幕目――。

次兄の真次《しんじ》が椀づくりの親方の太平《たへい》とともにわん屋へやってきた。

これ幸いとばかりに例の三つくらべの話をすると、真次の顔に驚きの色が浮かんだ。

「兄さんが神馬に乗って江戸の町を走るのか？」

「そう。つなぎ役だし、江戸を祓うためというわけもあるから、無理に気張って鞭《むち》を入れたりしなくてもいいっていう話なんだけど」

真造は答えた。

「神馬に何かあったりしたら、江戸を祓うどころか不吉だからな」

太平が腕組みをした。

木目の鮮やかな椀づくりの名手だ。いい木を選ぶところからつとめを始めるので、縁起をかつぎ、神仏も敬う。

「兄さんはあまり表に出たがる人じゃないからなあ」

真次が首をかしげた。

「たしかに。依那古神社は知る人ぞ知る邪気祓いの神社だからこそ良しとしているところがあるだろうから。……お待ちで」

真造は控えめに肴を出した。

鳥貝《とりがい》の生姜醬油焼きだ。醬油二、酒一の割でつくった地に生姜汁を入れて焼くと、実に香ばしい仕上がりになる。太平に気を遣って、浅めの椀に盛って出す。

「鉦太鼓《かねだいこ》で引札の刷り物を配ったりなどは、間違ってもしねえわけだ」

親方がそう言って、鳥貝を口に運んだ。

「そりゃ天地がひっくり返ってもしないでしょう」

真次がはっきりと言った。

初めは宮大工の修業をしていたのだが長続きせず、椀づくりの職人に転じた。こちらのほうは親方や兄弟子とも合うようで、だんだんに節くれだったほまれの指になってきている。

座敷には植木の職人衆が陣取っている。言葉数が増えてきた円造はすっかり人気者だ。

「春にぱっと咲く花は何でえ、円坊」

職人の一人が訊く。

「……きく」

「惜しいな。菊はいま咲いてるじゃねえか」

「春だぞ、春」

「桜とか梅とかね」

見かねておみねが助け舟を出した。

「先に言っちゃ駄目だぜ、おかみ」

「円坊に思案させないと」

職人衆が言う。

「いや、いきなりわんわん泣き出したりするので」

おみねはそう弁解した。

「何にせよ、次の休みにでも行ってくるよ」

真造は次兄に言った。

「そうだな。でも、どうあっても出なきゃならないってことはないんだろう？」

真次が訊く。

「ああ。馬だけ町方などに助っ人を頼むという手はあるそうなんだが、江戸を祓うということになれば神官の兄さんじゃないと」

真造は答えた。

「江戸の町に住んでると、いろんな難儀が耳に入ってくる。その江戸を祓うためにはどうあっても神馬で、と口説くしかねえだろうな」

親方の太平はそう言って猪口の酒を呑み干した。

「そうですね。思いを伝えてきます」

真造は気の入った声で答えた。

二

翌日の二幕目――。
わん屋にまた大河内同心と手下の千之助が姿を現わした。

「次の休みに行ってまいりますので」

真造が先手を打って言った。

「そうかい。すまねえな」

同心はそう言って、一枚板の席に腰を下ろした。

先客はわん屋の手伝いをしているおちさの兄の富松《とみまつ》と、長屋が同じで仲がいい竹細工職人の丑之助《うしのすけ》だった。竹を網代《あじろ》に編んだ円い器は蒸し物などに使われている。

「どこかへ出かけるんですかい？」

富松が真造にたずねた。

「ええ、ちょっと実家に相談ごとがありまして」

ちらりと同心の顔を見てから、真造は答えた。

「話が本決まりになったら、わん講の面々の力を借りることになるから、それまで待っててくんな」

同心は竹の箸づくりの職人の富松に言った。

「いや、おいらはついでに入れてもらってるだけなんで」

富松があわてて言う。

「おれも端のほうにいるだけで」

丑之助が笑みを浮かべた。

「そのあたりはご隠居さんたちとも相談して」

肴を仕上げながら、真造が言った。

すべて円い器を用いるわん屋が縁結びの場となって、わん講が開かれるようになってだいぶ経《た》つ。円い器をつくったりあきなったりする者たちがわん屋の座敷に集まり、酒と肴を楽しみながらいろいろと相談をする集まりだ。常連中の常連の七兵衛の肝煎《きもい》りで、円い満月にちなんだ毎月十五日に行われている。

塗物問屋の大黒屋、ぎやまんと唐物を扱う千鳥屋、瀬戸物問屋の美濃屋《みのや》、椀づくりの太平と真次、さらに、盆づくりや竹細工の職人たちも加わっていた。

初めのうちはただ呑み食いするだけだったが、そのうちに何かやろうじゃないかということになった。こうして開かれるようになったのが、わん市だ。おおよそ季節ごとの初午《はつうま》の日に、住職が器道楽の光輪寺《こうりんじ》というお寺で器の市が立つ。

あきなわれているすべての器が円いから、なかなかに壮観だ。ただし、妹のおちさの縁で加えてもらっている富松の竹の箸だけが異色だった。

「はい、お待ちで」

真造が肴を出した。

落ち鮎《あゆ》の煮浸しだ。

骨まで食べられるように、素焼きをした鮎に酒を吹きかけながら蒸す。これを煮詰めてから一日おいて味を含ませる。

仕上げは有馬山椒《ありまざんしょう》だ。再び火にかけ、煮てからさらに一日おく。

なんとも悠長なつくり方のひと品だが、それだけの手間をかけた甲斐《かい》がある味になる。

「こりゃ絶品だ」

大河内同心が相好を崩した。

「酒がすすみますな」

丑之助が和す。

「山椒が効いていて、うめえや」

富松も笑みを浮かべた。

「下戸でも、これを食うだけでうまいんで」

一滴も呑めない千之助が言った。

「で、まあ、海津様がいまいろいろと根回しに動いてるんだ」

同心はいくぶん声を落とした。

ここで円造を寝かしつけ、座敷の客の相手をしてからおみねが戻ってきた。

「そう言や、おかみは三峯大権現《みつみねだいごんげん》の出だったな」

同心がだしぬけに言った。

「はい、さようですが」

おみねが答えた。

三峯大権現の神官の娘だったおみねは、縁あって真造と夫婦になり、ともにわん屋を営んでいる。

縁はそれだけにとどまらず、真造の末の妹の真沙《しんしゃ》がおみねの弟の文佐《ぶんすけ》と結ばれ、三峯へ嫁いでいった。宿坊の厨を受け持つ文佐とのあいだには、いよいよ初めての子が生まれるらしい。

「例の話に出てきたお大名は三輪明神《みわみょうじん》を崇《あが》めてるんだそうだ。三《さん》つながりだな」

同心は笑みを浮かべた。

「うちと同じで、三つ鳥居がある神社ですね」

おみねの瞳が輝いた。

「まあそういう縁もあるから、よしなに頼むぜ」

大河内同心はそう言うと、落ち鮎の煮浸しにまた箸を伸ばした。

「承知しました」

真造は引き締まった顔つきで答えた。

三

こんもりとした杜《もり》が見える。

春には桜色がまじる杜だが、いまは紅葉にも早く、落ち着いた色合いだ。

手土産の焼き菓子を提げ、真造は久方ぶりに依那古神社の鳥居をくぐった。

「ああ、これはこれは」

竹箒《たけぼうき》で境内を掃き清めていた空斎《くうさい》が顔を上げて言った。

宮司の真斎に仕えて長い、頼りになる神官だ。

「兄に用があって来たんだ」

真造は手短に告げた。

ここで中から真斎が出てきた。

「まあ上がってくれ」

依那古神社の神官は落ち着いた口調で言った。まるで来るのが分かっていたかのような顔つきだ。

壮麗にはほど遠いが清《すが》しい気が漂う本殿に上がった真造は、茶菓が出るまで間合いを計っていた。

空斎が八浄餅《はちじょうもち》と茶を運んできた。

八方除《よ》けにちなみ、餅にのせた餡《あん》をへらで八つに分けた餅で、依那古神社の名物になっている。食すのがもったいないほどありがたいたたずまいだ。

「で、今日は一風変わった頼みごとがあって」

真造はそう切り出した。

「神鏡に風変わりな影が浮かんだのだが、その源はおまえか」

依那古神社の宮司は渋く笑った。

「そのようで」

真造も笑みを返すと、一つ座り直してから仔細《しさい》を告げた。

江戸を祓うために三つくらべを行うという大枠を説明し、大和高旗藩の藩主が大いに乗り気なこと、火消しも参戦を望んでいることなど、事のあらましを真造は一つずつ伝えていった。

「先だっての大川の泳ぎくらべでは、影御用にたずさわる海津与力が勝ってかわら版で大いにもてはやされたんだ」

真造は少しずつ本丸に入っていった。

「なるほど。それで？」

真斎が先をうながす。

「うん」

真造は茶でのどをうるおしてから続けた。

「三つくらべのうち、最後の駆けくらべにも韋駄天がいる。大河内同心の手下で千之助という男が名うての足自慢だ。つまり、泳ぎと走りではよその組に負けない。ただ、泣きどころが一つだけある」

真造はいくらか謎をかけるように黙りこんだ。

「……馬か」

依那古神社の宮司は少しだけ眉根を寄せた。

「ああ。神馬に江戸の町を走ってもらえれば、町が浄《きよ》められて災いが寄りつかなくなるだろうという世話役の話だったんだがね」

真造はそう言って長兄の顔を見た。

「浄雪は速く走れないぞ」

真斎は首を横に振った。

「速くなくてもいいんだ。泳ぎと走りのあいだをつないでもらうだけで」

真造は口早に言った。

「長く走らせるのも得手ではない。普段は短い神社の周りをゆっくり歩かせているだけだからな」

真斎は腕組みをした。

「べつに流鏑馬《やぶさめ》などはしないから」

と、真造。

「そのとおり。江戸の道にはでこぼこしたところや坂もあるだろう。足をひねりでもしたら大事《おおごと》だ」

「ほんとにゆっくりでいいんだ。勝ち負けは二の次だから」

真造は少し身を乗り出して言った。

「と言うと？」

真斎は腕組みを解いた。

「さっきも言ったように、神馬が通ることによって、町が浄められて災いを寄りつかなくすることがこのたびの三つくらべの眼目のようなものなんだ。浄雪がゆっくり進むことはあらかじめ見物衆にも伝えておく。それなら、無理をすることもないだろう?」

そんなに勝手に段取りを進めてもいいものかと思いながらも、真造は言った。

「それは人の考えだな」

依那古神社の神官の表情はまだ厳しかった。

「たしかに、馬には『無理をすることはない』ってことは分からないと思うけど」

と、真造。

「江戸へ行ったときも、あちこちを物見していささか興奮気味だった。三つくらべとなれば、見物衆も出るだろう。神馬の身に何か起きたら大変だぞ」

真斎は懸念を示した。

「そこをなだめながら走らせて、いや、歩かせてもらうわけにはいかないだろうか、兄さん。江戸の邪気を祓い、はやり病などが起きないようにするのがこのたびの三つくらべの眼目なんだから」

真造はそう訴えた。

「浄雪は若駒ではないからな」

真斎は慎重な構えを崩さなかった。

「いくつだったたっけ？」

真造が問う。

「今年で十歳だ。駆けくらべをさせるわけにはいかない」

長兄は首を横に振った。

「邪気を祓う祝詞《のりと》を唱えながら、江戸の町を歩いてもらえればいい。駆け役が追い込めればそれに越したことはないし、たとえしんがりでも何も失うものはないから」

真造は言った。

「まあとにかく、当の浄雪に訊いてみるか。ちょうど引き運動をする頃合いだからな」

宮司はそう言って立ち上がった。

「分かった」

真造も腰を上げた。

四

「達者だったか」

真造は神馬に声をかけた。

達者だったよ、と言わんばかりに浄雪が首を振る。

「相変わらず美しいね」

真造は兄に言った。

「まさに浄めの雪のごとき色合いだからな」

真斎は笑みを浮かべた。

真っ白な葦毛《あしげ》の馬だ。たてがみも尻尾も白い。

「今日はおまえに頼みがあって来たんだ」

真造は神馬に言った。

「そのあたりは、神社の周りを歩かせながらでいいだろう」

真斎はそう言うと、馬の首筋をぽんぽんとたたいた。

神官が手綱を引き、依那古神社の周りをゆっくりと歩かせる。

「いい日和だな」

　真造は空を見上げた。

　青い秋空にひとひらの雲が浮かんでいる。江戸の町を見慣れた目には、西ヶ原村の外れの景色はなんとものどかだ。

「競ったりすることとは、まったく無縁だったからな」

　神馬を引きながら、真斎が言った。

「無理はしなくていいんだ」

　真造は浄雪に語りかけた。

　穏やかな目をした馬だ。見ているだけで心が安らぐ。

「はやり病など、江戸ではいろいろと災いが起きている。汚れを祓い、世を平らかにするために、出馬してもらえないだろうか」

　神馬に向かってなおも言う。

「出馬するのはわたしだぞ」

　真斎が笑みを浮かべた。

「無理な願いだとは分かってるんだがね。日の本の影御用を受け持つ常連さんからのたっての頼みなので」

真造の声に力がこもった。

「日の本か……」

神官は独りごちた。

その後はしばらくどちらも無言で歩いた。神馬の蹄《ひづめ》の音だけが田舎道に響く。

「おや、宮司さま」

畑仕事をしていた男が声をかけた。

「精が出ますね」

真斎が穏やかな表情で言う。

「大根菜を持っていきませんか」

農夫が収穫したばかりのものをかざした。

「いくらでもありますんで」

少し離れたところにいたその女房が笑みを浮かべる。

「ありがたい馬を拝ませてもらった御礼で」

農夫は青々としたものを持って近づいてきた。

「そうですか。それはありがたいことで」

狩衣《かりぎぬ》姿の真斎が礼をした。

「なら、わたしがもらいましょう」

真造が受け取った。

「これは弟で、江戸で料理屋を開いているのです」

真斎は告げた。

「通油町のわん屋のあるじです」

少しでも引札になるかと思い、真造はそう名乗った。

「へえ、料理人さんで」

農夫の日焼けした顔に感心の色が浮かんだ。

「なら、たくさん持っていって、宮司さまにおいしいものを」

女房がそう言って、また大根菜をかざした。

「ありがたいことで」

真斎がまた頭を下げた。

「お浸しに胡麻和《ごまあ》えに焼き飯、味噌汁の具にもなりますから、大根菜は重宝です」

真造は白い歯を見せた。

農夫たちと別れた二人は、ゆっくりと迂回《うかい》しながら神社に戻った。

「もし出るとしても、水や飼葉を与えねばならないが」

真斎が言った。

「そのあたりは、わん講の面々が裏方に回ろうかという話をしているところで」

真造は答えた。

「なるほど」

兄弟はまたしばらく無言で歩いた。

「今夜は泊まるか?」

ややあって、真斎が訊いた。

「ああ。明日は二幕目からのれんを出すので」

真造は答えた。

「では、精進潔斎をして、夜のうちに占っておこう」

依那古神社の宮司は引き締まった顔つきで言った。

「三つくらべに出るか否かの占いを?」

真造が訊く。

「そうだ。大根菜で精進の夕餉《ゆうげ》をつくってくれ」

真斎はいくぶん表情をやわらげた。

五

玉子も干物も使えなかったが、大根菜の焼き飯をつくった。

ほかに、刻んだ沢庵と大豆の煮物を加えた。どちらも焼き飯に合う。

大根菜はたくさんくれたので、お浸しと胡麻和えをつくり、味噌汁の具にもした。兄の真斎はどの料理も喜んでくれた。

「これから結界を張り、神託を得ることにする。今夜は別棟で過ごし、本殿には近づかないでくれ」

宮司はそう言い渡した。

「承知で。どうかよろしゅうに」

真造は頭を下げた。

その晩、夢を見た。

江戸の町を浄雪が疾走していく。

並足どころではない。目を瞠《みは》るほどの速さだ。

前を走る馬の御者が驚いたように振り向いた。

並ぶ間もなくかわしていく。

「はいよー、はい」

掛け声を発したことで分かった。

神馬を御しているのは兄の真斎ではなかった。

真造はおのれの手で浄雪を御していた。

(馬になど乗ったことはない。いったいどうやって止めればいいのだろう)

ふとそんな不安がよぎった。

「気張れー」

「わん屋、頑張れー」

見世の名を呼んでくれる沿道の者もいた。

どうやらおのれが先頭らしい。行く手につなぎどころとおぼしいものが見えてきた。

紅白の縞《しま》の旗が両脇に立っている。そこを抜ければつなぎどころだ。あとは駆け役の千之助に襷《たすき》をつなげばいい。

夢の中で、真造は手綱をゆるめた。

しかし……。

待っていたのは千之助ではなかった。
大川で立ち泳ぎをしながら、白い鉢巻きを締めた海津与力が手を挙げた。
いかん、と真造は思った。
泳ぎ手に襷を渡すとは聞いていない。
このままでは大川に飛びこみ、馬もろともにおぼれてしまう。
どうしようかと蒼《あお》くなったところで目が覚めた。

夢か……。
真造は額に手をやった。
妙な夢だったが、とにもかくにも浄雪が三つくらべに出ていた。
これは吉兆だと思うことにして、真造は支度を整えて本殿に向かった。
依那古神社の宮司はもう起きていた。
その顔を見たとき、真造はひとまず安堵《あんど》した。
兄の真斎が笑みを浮かべたのだ。
「どうだった、神託は」
真造は勢いこんでたずねた。

真斎はひと呼吸おいてから答えた。

「出馬せよ、と」

その答えを聞いて、真造の顔にも笑みが浮かんだ。

第三章　月見膳と釜揚げうどん

一

「段取りが決まって重畳《ちょうじょう》だな」

大河内鍋之助同心が満足げに言った。

真造が戻った翌る日のわん屋だ。昨日は千之助が顔を見せたので首尾を伝えたところ、さっそく上役に伝えてくれた。あとで海津与力も来るらしい。

「わん講が近いので、みなさんと細かいところを相談するつもりです」

厨で手を動かしながら、真造が答えた。

「ちょうど中秋の名月になりますね、次のわん講は」

座敷から戻ってきたおみねが言った。

「お月見の客も来るだろうから、一杯になるね」

同心と同じく一枚板の席に座った大黒屋の隠居が言った。

例によって、物をおいしそうに食べる手代の巳之吉が付き従っている。

「お座敷を衝立《ついたて》で仕切ってやりましょう」

おみねが座敷を手で示した。

その座敷では、近くの道場で師範代をつとめる柿崎隼人《かきざきはやと》が門人たちに剣の構えや動きを指南していた。物珍しいのかどうか、円造はその様子を熱心に見ている。

「そうだね。わん市の相談もあるし、何かと忙しいね」

大黒屋の隠居はそう言って、からりと揚がった舞茸の天麩羅《てんぷら》を口に運んだ。

天麩羅は浅めの円い竹籠に紙を敷いて盛り付け、つゆは碗に入れる。蓋を裏返せば大根おろしなどの薬味を載せられる器だ。

「わん市はいつもどおりで？」

おみねがたずねた。

「新たな人は入らないようだね。またおまきちゃんが気張って売ってくれるだろう」

七兵衛は温顔で答えた。

わん屋のすぐ近くに的屋《まとや》という旅籠《はたご》がある。泊まり客の仕出しの夕餉や弁当を受け持っているから、身内のようなものだ。

その的屋の看板娘だったおまきが、わん市の顔の一人であるぎやまん唐物処《どころ》の千鳥屋の次男の幸吉《こうきち》と結ばれた。わん市で売り子の手伝いをおまきがつとめたことから紡がれた縁だ。

幸吉とおまきは宇田川橋《うだがわばし》に千鳥屋の出見世を構え、いまや本家をしのぐほどの繁盛ぶりを見せている。明るいおまきの売り声は、わん市には欠かせないものだ。

「三つくらべのときも、見世を休んでつなぎどころに詰めてもらえればありがてえ」

同心が言った。

本当は影御用だとはいえ、町方の隠密廻りとは見分けがつかない。今日は越中《えっちゅう》富山《とやま》の薬売りのやつしで、半被《はっぴ》の背には大きく「萬金丹《まんきんたん》」と記されている。

「つなぎどころと言うと、泳ぎから馬、馬から走りへつなぐところですな」

隠居が言った。

「むろん、そこには要るが」

同心は猪口の酒を呑み干してから続けた。

「馬や走りの途中にも、つなぎどころは要るだろう」

「兄は馬の飼葉や水を心配していました」

　真造は伝えた。

「そりゃ、ただ走るだけじゃつらいからね」

　と、隠居。

「三つくらべはいつやるんでしょう」

　例によって椎茸の天麩羅をおいしそうに食べていた巳之吉が問うた。

「初めが泳ぎだからな。正月ってわけにゃいかねえだろう」

　同心が言った。

「寒中水泳はつらいですからね」

　千之助が言う。

「見物衆も寒くてつれえしな。まあそのあたりは海津様の根回し次第だが、水がぬるむ春がちょうどいいだろう」

　大河内同心は出されたばかりの松茸の天麩羅に箸を伸ばした。

　ふんだんに茸が入ったから、中食は茸の炊き込みご飯と秋刀魚の蒲焼きの膳にした。活きのいい秋刀魚は蒲焼きでもうまいが、なにぶん手間がかかる。できればそのまま塩焼きにしたいところだが、わん屋ではあいにく円い器しか使えない。

尾の張った秋刀魚の塩焼きを盛るにはむやみに大きい円皿を使わなければならないから、出したくても出せないのだった。

中食に使ったとはいえ、まだまだ余りがある。そこで、次から次へと天麩羅にして揚げているところだ。

「次は大皿で」

真造がおみねに言った。

「はいよ」

ちらりと座敷を見やって、おみねが答える。

ちょうど柿崎隼人による剣術指南が一段落したところで、そろそろ肴が足りなくなりそうだった。

「桜の季節がちょうどよござんしょうね」

大黒屋の隠居が笑みを浮かべた。

「絵になるからな」

同心がにやりと笑う。

ほどなく、天麩羅の大皿が座敷に運ばれた。

「おお、来た来た」

「揚げたてはうまそうだ」

客の歓声がわく。

遊んでもらっていた円造まで笑顔になった。

そのとき、髷《まげ》をひときわ豊かに結った武家が悠然と姿を現わした。

海津力三郎与力だった。

二

「ほう、そうかい。三つくらべのつなぎどころをわん講で受け持ってもらえるのなら、話が早い」

海津与力は満足げな顔つきになった。

「ほかの組のほうでもできるでしょうが」

大河内同心がいくらかぼかして言った。

「お大名のお屋敷では馬を飼ってるでしょうからね」

七兵衛が言う。

「ちと声が高いです、ご隠居」

千之助がすかさず言った。

隠居はあわてて口を覆うしぐさをした。

「もう一つの火消しには水が付き物だ。ただ、人にぶっかけるわけじゃないから
な」

与力は身ぶりをまじえて言った。

「馬には桶《おけ》がちょうどいいでしょうが」

と、同心。

「走りはどうします？」

戻ってきたおみねがたずねた。

「走りながら呑めるほうがいいかもしれないな」

与力は腕組みをした。

「うちの塗り椀に水を入れて、つなぎどころに置いておけばいかがでしょう」

大黒屋の隠居が案を出した。

「長床几《ながしょうぎ》に何か敷いて、水を入れた椀を置けばよさそうだな。ほかにもいろいろ
できそうだが」

と、同心。

「走りのつなぎどころにゃ、食い物もあったほうがありがたいですな。塩むすびとか漬け物とか」

走り役の千之助が言った。

「汗をかくと塩気のあるものがありがたいからな」

与力がそう言って、また松茸の天麩羅をわしっとほおばった。

「そのとおりで」

千之助は平茸としめじのかき揚げに箸を伸ばす。

「もちろん木の椀でもいいから、そのあたりはわん講で相談だね」

七兵衛が言った。

「ぎやまんは駄目ですね」

おみねが笑う。

「瀬戸物も無理だね」

と、隠居。

「水を呑んで放り投げても割れないものにせねば」

同心が言った。

「ならば、桜の咲く時分に開くということで、段取りを進めていこう」

与力が軽く手を打ち合わせた。

「承知しました」

七兵衛が頭を下げる。

「裏方もほまれですから、精一杯やらせていただきます」

わん屋のあるじの声に力がこもった。

三

中秋の名月の日は、幸いにも好天に恵まれた。

二幕目にわん講が開かれるわん屋は、中食から大忙しだった。

「おっ、ひと足早《はえ》え月見だな」

「やることが粋だぜ」

いち早くやってきた大工衆が言った。

「ありがたく存じます。玉子は鶉《うずら》しか入らなかったんですが」

おみねが笑みを浮かべた。

「おいらは鶉のほうが好みだぜ」

「身の養いにもなるしよ」

そろいの半纏の大工衆が言う。

「いらっしゃいまし。お座敷にどうぞ」

手伝いのおちさが元気のいい声で案内する。

「昼から月見膳とは粋じゃねえか」

「こりゃ食っととかねえとな」

今度はなじみの左官衆が現れた。

あたたかい蕎麦《そば》にとろろをのせ、さらに鶉玉子と青海苔《のり》と刻み葱をあしらう。膳の顔は山かけ月見蕎麦だ。

これに茸の炊き込みご飯と大根菜の胡麻和えの小鉢と香の物が付く。美濃屋から仕入れた瀬戸物の丼と茶碗、それに木目が美しい木皿。もちろん、膳を配置した盆も円い。

「玉子まで円いから目が回りそうだ」

「わっと崩して食やいいんだよ」

見世のほうぼうでにぎやかな声が響く。

「はい、お膳あと三つ」

おみねの声が響いた。

「あと三つ」

円造がおうむ返しに言う。

「偉《えれ》えな、円坊」

「もう手伝いかい」

一枚板の席の客が驚いたように言った。

「同じことを繰り返してるだけで」

厨で手を動かしながら、真造が苦笑いを浮かべた。

そんな調子で、わん屋の中食の膳は今日も好評のうちに売り切れた。

合戦場のような忙しさが去り、中休みが終わると、座敷に大きな衝立が据えられた。

そこから奥でわん講が開かれる。

再びのれんを出すと、講の面々が少しずつ姿を現わし、座敷の人影がだんだんに増えていった。

四

「そりゃあ、春がいちばんいいでしょうな」

美濃屋のあるじの正作《しょうさく》が言った。

瀬戸物や美濃焼など、わん屋の碗はすべて美濃屋の品だ。

「夏の暑い盛りだと、馬も人も息が上がっちまいまさ」

椀づくりの親方の太平が言った。

弟子の真次も顔を出している。

「もし途中で倒れられたりしたら大変ですからね」

ぎやまん唐物処、千鳥屋の隠居の幸之助《こうのすけ》が軽く首をひねった。

「水を汲《く》んで渡す椀は、うちの品を出そうかと。もちろん、木の椀を出せというこ
となら、そちらも出すけれど」

大黒屋の隠居が太平のほうを見た。

「いや、ご隠居のとこの品でお願いしますよ」

椀づくりの親方がすぐさま譲った。

こうして一つずつ段取りが決まっていく。

「水を汲む桶も要りますな」

おちさの兄の富松が言った。

「それは火消しのほうで用立ててくれるんじゃないかな」

と、隠居。

「うちのこれも出番はありますでしょうか」

盥《たらい》づくりの一平《いっぺい》が手で示した。

大きな盥の中身は釜揚げうどんだった。

真造とおみねが二人がかりで運んだ盥には、わん講の面々が見るなり歓声をあげたほどたっぷりのうどんが入っている。めいめいが箸でたぐり、刻み葱やおろし生姜や海苔などの薬味を添え、こくのあるつゆにつけて食しているところだ。

「今日、出番があったからいいじゃないか」

七兵衛がそう言ったから、一平は髷に手をやった。

「でも、馬は盥のほうが水を呑みやすくないですかねえ」

竹細工職人の丑之助が言う。

「いや、やっぱり水桶じゃないかと」

真次が言った。

「飼葉を入れておくには盥がいいかもしれません」

美濃屋の正作が言った。

「どうかねえ。馬になったことがないから、どっちが食べやすいのか分からないね」

隠居の言葉に、思わず笑いがわいた。

そんな調子で、わん講の話は行きつ戻りつしながら続いた。

大黒屋、美濃屋、千鳥屋のお付きの手代たちにも釜揚げうどんが出た。そちらは土間の花茣蓙《はなござ》の上に陣取っている。

今日はなじみの左官衆の祝いごとが急に入ったこともあり、座敷は一杯だ。一枚板の席が空いているのでそちらにどうかと水を向けたのだが、お付き衆は遠慮して土間にいる。そのせいで、いつもは先に埋まる一枚板の席が妙な具合に空いていた。

「まあ三つくらべはまだまだ先の話だからね」

大黒屋の隠居が言った。

「それに、われわれだけで先走るわけにはいかないでしょうし」

千鳥屋の隠居が慎重に言う。

「神馬の出馬も決まったので、追い追い陣立ても定まってくるでしょう」

美濃屋のあるじが言った。

「春までには間があるからね。それより、次のわん市だ」

七兵衛が座り直した。

市の舞台となる愛宕《あたご》権現裏の光輪寺では、毎月初午の日に本尊の千手観音が御開帳になる。それに合わせて、わん講の面々がそれぞれの品を持ち寄ってあきなうわん市がおおよそ四か月に一度の割で催されていた。段取りの打ち合わせをすべきなのは、ひとまずはそちらのほうだ。

そんなわけで、わん市の割り振りの相談が始まり、しばらく経ったとき、二人の男が姿を現わした。

「おっ、世を円くおさめる物づくりが勢ぞろいだな」

そう言って笑みを浮かべたのは大河内鍋之助同心だった。

「約してあったみたいですな」

戯作者の蔵臼錦之助が、だれもいない一枚板の席を手で示した。

かくして、さらに役者がそろった。

五

「今日は千之助さんは？」

酒を出すとき、おみねが同心にたずねた。

「火消しのほうへつなぎにやらせてる。前に泳ぎくらべに出た組につないだら、大乗り気だそうだ」

同心は笑みを浮かべた。

「火消し衆の馬はだれが乗るんです？」

竹箸づくりの富松が臆せずたずねた。

「町火消は馬と無縁だが、定火消《じょうびけし》なら旗本の縄張りだ。馬の乗り手くらいはすぐ見つかるだろう」

同心は答えた。

「なら、お武家さまが乗るんですね？」

美濃屋正作が訊いた。

「そうなるだろう。馬の心得のある火消し役の身内はいるだろうからな」

同心はそう答えて、出されたばかりの秋刀魚の辛煮に箸を伸ばした。

筒切りにし、生姜を入れて臭みを取りながらこっくりと煮た辛煮だ。むろん、酒によく合う。

「臥煙《がえん》に乗らせでもしたら喧嘩《けんか》になりそうですがね」

蔵臼錦之助は油揚げの甘煮を口中に含んだ。

鮪の赤身のほかは生《しょう》のものを口にしない御仁だから、おのずと出せるものがかぎられてくる。

「そりゃ仲間割れになるかもしれませんな」

隠居が言った。

臥煙は定火消に所属する者たちで、町火消とはたびたび悶着《もんちゃく》を起こしてきた。どちらにも縄張りがあるし、なにぶん気が荒い。

「臥煙が出てくると面倒だから、火消しは町方だけで」

大河内同心はそう言って、猪口の酒を呑み干した。

いろは四十八組の町火消は町方の配下だ。火消し衆はおおむね平生《へいぜい》は鳶《とび》のつとめをしている。

「もう一つの組は、馬の乗り手が強そうですな」

戯作者がぼかしたかたちで言った。

「兄が乗る神馬は、並ぶ間もなくかわされてしまいそうです」

真造が苦笑いを浮かべる。

「でも、泳ぎで海津さまに気張っていただければ」

おみねが調子のいいことを言った。

「橋二つ分くらいは離しておきてえところだな」

同心が両手を広げて言う。

「いまごろくしゃみをされてますよ、海津さま」

七兵衛が笑みを浮かべた。

「まあ陣立てが決まれば、いろいろと前評判をあおる段取りになっているので」

肚《はら》に一物ありげな顔つきで、大河内同心が言った。

「蔵臼先生の出番ですね」

と、おみね。

「やつがれの舞文曲筆《ぶぶんきょくひつ》で精一杯あおりますよ」

蔵臼錦之助はそう言って、油揚げの甘煮を胃の腑に落とした。

ほどなく、わん講の話題はまたわん市に戻った。それぞれが目玉になるあきない物を出せばどうかという段取りの話だ。

衝立の手前では、左官衆の宴がたけなわになっていた。どうやら左官の一人に初めての子ができた祝いらしい。

そちらには、焼きしめ鯖《さば》の大皿が出た。

ただのしめ鯖もむろんのこと美味だが、ひと手間かけて焼くと身がさらに締まってことのほかうまい。

「うめえな、こりゃ」

「わん屋の料理はどれもたしかだからよ」

「器が円いから、みな円くおさまるぜ」

左官衆は上機嫌だ。

花莫蓙のお付き衆は、円造を遊ばせてやっていた。

「よし、七つの次は？」

大黒屋の巳之吉が問うた。

「……八つ」

円造はしばらく考えてから答えた。

「そうだよ。凄《すご》いね」

美濃屋の信太《しんた》が声をあげた。

「なら、その次は？」

巳之吉がなおも問う。

円造は困ったように首をかしげた。

「九つだね」

信太が助け舟を出した。

「なら、最後は何？」

巳之吉が両手の指をすべて開いた。

わん講の面々も、一枚板の席の同心と戯作者も話をやめ、じっと見守る。

「……十《とお》」

円造も小さな両手をぱっと開いた。

「おう、言えたな」

「凄いね、円坊」

跡取り息子をたたえる声がわん屋に響いた。

第四章　ほうとう鍋と田楽

一

大川端に近い大名の上屋敷は存外に多い。

ただし、むやみに広壮な屋敷はない。どちらかと言えば、小藩の小ぢんまりとした屋敷が目立つ。

常陸《ひたち》麻生《あそう》藩の新庄《しんじょう》家、上総《かずさ》貝淵《かいぶち》藩の林《はやし》家、播磨《はりま》山崎《やまさき》藩の本多《ほんだ》家、越後《えちご》椎谷《しいや》藩の堀《ほり》家、これらはいずれも一万石だ。

そんな小藩の一つに、大和高旗藩の井筒家があった。こちらも一万石で、構えはただの旗本屋敷のように見える。

その大名にしてはささやかな構えの屋敷を、一人の武家が訪れた。

豊かな髷で、役者でもつとまりそうな押し出しの男。

それは、海津力三郎与力だった。

「なかなかに達者な泳ぎであった。感服したぞ」

歯切れのいい口調でそう言ったのは、大和高旗藩の当主、井筒美濃守高俊だった。

「恐れ入りましてございます」

海津与力はかしこまって答えた。

「おれも泳げぬわけじゃないんだが、そなたのような速さは出ぬわ」

井筒高俊は白い歯を見せた。

江戸の上屋敷で生まれ育ったため、大和の訛《なま》りがない。自称はもったいぶった「余」ではなく「おれ」だ。

歳《とし》は三十代の半ば、すでに妻帯して子もいるが、若者に伍《ご》して日々鍛錬している。日焼けした顔には生気がみなぎっていた。

「泳ぎにはこつがございますので」

海津与力は言った。

「ほう、どんなこつだ？」

井筒高俊は身を乗り出した。

白い小袖には銀の稲妻模様の縫い取りがある。なかなかに洒落たいでたちだ。

上屋敷の座敷には、ほかに江戸詰家老と目付が控えていた。例の三つくらべの段取りの打ち合わせだが、まだ本題には入っていない。

「水にいかに逆らわずに泳ぐかが肝要です。その要諦《ようたい》を心得ていなければ、むやみに疲れるばかりで息が上がってしまいます」

影御用の与力は答えた。

「なるほど。そなたはどう泳ぐ」

大和高旗藩主はなおも問うた。

「おのれの頭の髷のあたりから、真一文字に槍《やり》が伸びていると考えます。その槍が指し示す向きへと手を伸ばし、身の重みを乗せていくのです」

海津与力は手本を示した。

きれいな伸《の》しの泳ぎだ。

「ふむ、その泳ぎなら水に逆らうこともないな」

井筒高俊は感心の面持ちで言った。

「榊原《さかきばら》に伝えておかねばなりませんな」

江戸詰家老が言った。

「泳ぎであまり離されんようにせんと」

目付にはいくらか上方の訛りがある。

「では、もう泳ぎ手は決まっているのですね？」

海津与力がたずねた。

「大和高旗は四方を山に囲まれた盆地ゆえ、そもそも泳げる者が少ない。下手をすると、おれがいちばん達者かもしれぬほどだ」

藩主は笑みを浮かべた。

「御自ら泳ぎ手をつとめられることだけはおやめくださいまし、と家中の者がこぞって止めたのですよ」

家老が言った。

「もしものことがあったら、えらいことですので」

苦労人の顔をした目付が言う。

「それは一大事でございますね」

海津与力がうなずく。

「まあ、それゆえ藩士に任せることにした。榊原主水《もんど》はまあそれなりの泳ぎ手だが、まずは無事に泳ぎきって馬につないでくれればいい」

井筒高俊はそんな見通しを示した。

「そうすると、馬には自信がおありなのですね？」

海津与力は問うた。

「わが藩には駿馬《しゅんめ》が何頭かいる。馬の乗り手には事欠かぬ」

藩主は手ごたえありげな顔つきで答えた。

「さようですか。わが方は馬が泣きどころで、つてを頼ってさる神社の宮司に出馬を頼んだくらいでして」

海津与力はそう言って、湯呑みに手を伸ばした。

「ほほう、神馬に乗って登場か。面白い」

井筒高俊は軽く手を打ち合わせた。

「さりながら、老齢にてあまり無理はさせられません。通りを速足で進むのが精一杯でしょう」

海津与力は包み隠さず告げた。

「それなら、わが藩にも勝ち目はありますな」

家老が言った。

「走り手もおりますんで」

目付も自信ありげに言う。

「こちらも走り役は韋駄天なのですが、なにぶん馬に無理はさせられませんので。その代わり……」

海津与力は茶を少し啜《すす》ってから続けた。

「このたびの三つくらべは、江戸に災いが起こらぬように穢《けが》れを祓うという趣旨で催されるものです。そこで、宮司には祝詞を唱えながらゆっくり進んでもらおうかと話をしているところで」

「それは良き考えだ」

大和高旗藩主はひざを打った。

「わが藩にも三輪権現を敬う気風がある。ともに競い合い、江戸の町を平らかにしようぞ」

「はい」

井筒高俊はまた白い歯を見せた。

快男児に向かって、海津与力は答えた。

「どこの神社の宮司様で？」

家老がたずねた。

「西ヶ原村の依那古神社です。さほど名が轟《とどろ》いているわけではありませんが、邪気祓いの神社として尊崇されています。その宮司の末弟が通油町でわん屋という料理屋を営んでいるのですが、これがいささか風変わりな見世で、世を円くおさめるためにすべて円い器を用いているのです」

話の流れで、海津与力はわん屋の紹介もした。

「それは面白い」

井筒高俊は莞爾《かんじ》と笑った。

「盆から器まですべて円いので、ときどき目が回りそうになります」

海津与力も笑みを浮かべる。

「それはぜひ忍びでまいりたいところだな」

藩主はそう言って家老の顔を見た。

「またでございますか、殿」

家老はいささかあきれた顔つきで言った。

「良いではないか。世を円くおさめるためにすべて円い器を用いるとは、なかなかの酔狂にして志もある。ぜひ食してみたいものだ」

井筒高俊は乗り気で言った。

「では、それがしがお供を」

目付が控えめに言う。

「それはわん屋も喜びます。ぜひお出ましください」

海津与力は笑顔で言った。

「登城やら何やらですぐには参れぬが、ひと息ついたら必ず顔を出すぞ」

大和高旗藩主はそう請け合った。

「剣術指南の筒井俊高《つついとしたか》という謎の武家がのれんをくぐることになりますので」

目付が告げた。

「承知しました。伝えておきましょう」

海津与力は笑みを浮かべた。

二

「えっ、お大名がお忍びでうちに？」

おみねが思わず声をあげた。

「しっ、声が高いぞ、おかみ」

海津与力が唇の前に指を一本立てた。

「あ、相済みません」

おみねは首をすくめた。

「日取りなどは？」

真造が少し引き締まった顔つきで問うた。

「それは決まっていないみたいだ。登城などいろいろ用事があるらしい」

海津与力はそう言って、猪口の酒を呑み干した。

「いよいよお大名がわん屋の常連か」

大河内同心が笑みを浮かべた。

「常連にはならないでしょう」

と、おみね。

「お大名がわたしみたいに入りびたるようになったら困るからね」

大黒屋の隠居がそう言ったから、わん屋の一枚板の席に和気がわいた。

「まあ、そういうことはないだろうが、剣術指南の筒井俊高という武家が来たらよしなにな」

与力が渋く笑う。

「どういう料理をお出しすればいいだろう」

真造はおみねの顔を見た。

「大和高旗藩ってことは、上方の味かしら」

おみねが小首をかしげた。

「いや、江戸の上屋敷で生まれ育ってるから、こっちの舌だと思ったほうがいい」

与力が言った。

「なら、こういう料理を出してれば間違いないね」

七兵衛がそう言って、山芋の磯辺《いそべ》揚げに箸を伸ばした。

「これはほんとにおいしゅうございますね」

お付きの巳之吉が満面の笑みで言う。

山芋がたくさん入ったから、中食は麦とろ膳にした。それでも余ったので、海苔でくるんで磯辺揚げにして出したところだ。

「とくに構えたものじゃなくてもいいだろうが、目が回りそうな円いものづくしにしたら喜びそうだな」

海津与力が言った。

「とろろ蕎麦に鶉の玉子をのっけるとかですかい」

千之助が案を出す。

「ほかに小鉢や薬味の小皿をつけてな」

と、与力。

「まあ、見えたときにお出しできるものでやりくりするしかないですね」

真造が引き締まった顔つきで言った。

「火消しのほうは、べつに何でもいいから」

千之助が笑った。

「泳ぎ手は強そうか」

おのれも出る海津与力が問うた。

「なかなか手ごわそうですぜ。太郎《たろう》と次郎《じろう》の兄弟は」

千之助が答える。

「二人で出るんですか？」

ちらりと座敷に目をやってから、おみねがたずねた。

座敷では大工衆が円造を遊ばせてくれている。お気に入りの茶運び人形の円太《えんた》郎《ろう》を繰り返し動かして、跡取り息子はご満悦だ。

「いや、そりゃあ通らねえから、どっちか調子のいいほうが出るっていうことで」

千之助が答えた。

「試し泳ぎでもやるのか?」

大河内同心が問う。

「そうみたいでさ」

手下が答えた。

「そりゃ気が入ってるねえ」

大黒屋の隠居が感心したように言った。

「気を引き締めてかからないとな」

海津与力はそう言うと、また猪口の酒をくいと呑み干した。

三

わん市は滞りなく終わった。

幸い好天に恵まれ、あきない物はずいぶん売れた。引札の代わりだから、むやみに売れなくてもいいのだが、売れるに越したことはない。わん屋に打ち上げに来たわん市の面々はみな恵比須顔《えびすがお》だった。

「すっかりおかみさんの顔ね、おまきちゃん」

おみねが声をかけた。

千鳥屋の幸吉とともに出見世を任されている、もと的屋の看板娘だ。

「おかげさまで。ご常連さんがついてくださって助かっています」

わん市の売り子をつとめてきたおまきは如才なく答えた。

「お、そろそろ煮えてきたね」

大黒屋の隠居が鍋のほうを見た。

秋も深まり、だんだんに風が冷たくなってきた。

こういう時分になると、座敷の囲炉裏の出番だ。

甲州名物のほうとう鍋がいい塩梅に煮えてきた。ほうとうは小麦粉を練った幅広のこしのある麺だ。同じほうとうでも、武州《ぶしゅう》の深谷《ふかや》あたりでは醬油味だが、甲州は味噌仕立てになっている。

具は油揚げ、葱、里芋、人参《にんじん》、大根、蒟蒻《こんにゃく》、そして、南瓜《かぼちゃ》を入れた。南瓜の甘味は、ほうとう鍋の名脇役だ。

「なら、取り分けましょう」

椀づくりの親方の太平が手を動かしだした。

「おまえたちの分もあるからね」

美濃屋の正作がお付きの信太に言った。

今日は座敷に陣取っているお付き衆の顔に笑みが浮かんだ。

ほどなく、ほうとう鍋が取り分けられた。

「ああ、うまいねえ」

大黒屋の隠居がしみじみと言った。

「麺にこしがあるから、ほかの具も活きてきますね」

美濃屋の正作が和す。

「ひと仕事終えたあとだから、ことにうめえや」

竹細工職人の丑之助が箸を動かした。

わん市では客の目の前でつくるところを見せる。そのおかげもあって、今日はずいぶんと売れた。

「おいらの箸は売れなかったけどよ」

竹箸づくりの富松が嘆く。

「わん屋さんに入れてもらってるんだからいいじゃない、お兄ちゃん」

手伝いのおちさが言った。

今日は習いごともないから、二幕目も手伝っている。

「はは、まあそうだな」

富松はそう言って、おのれがつくった箸を動かした。

そのとき、二人の客が入ってきた。

そろいの半被をまとっている。その背には、円に「り」と記されていた。

「いらっしゃいまし。こちらのお席はいかがですか？」

おみねが一枚板の席を手で示した。

座っているのは次兄の真次だけだから、だいぶ空いている。

「なら、ここにしようぜ、兄ちゃん」

「料理人の前か、できたてを食えるんだな」

兄弟とおぼしい客は一枚板の席に陣取った。

「おっ、いい香りだな」

おみねが下げてきた鍋を見て、兄のほうが言った。

「ほうとう鍋をこれからおじやに仕立て直すので」

と、おみね。

「二人分、おつくりもできますよ」

真造が声をかけた。

「おお、そりゃありがてえ」

「いただきまさ」

兄弟はすぐさま答えた。

「大工さんで？」

印半纏の背をちらりと見て、真次がたずねた。

「いや……火消しで」

兄がにやりと笑った。

「千之助って人が、ここの常連だと思うけど」

弟が言った。

「あっ」

真造は思わず声をあげた。

「ひょっとして、三つくらべの泳ぎ手の火消しさんですか？」

わん屋のあるじはたずねた。

「そのとおりで」

「り組の太郎と次郎だ。よしなに」

兄の太郎が笑顔で告げた。

四

り組の縄張りは今戸《いまど》だ。

すぐそこが大川だから、平生から折にふれて水練を行っている。おかげで、泳ぎ自慢はいくたりもいた。

そのなかでも一、二を争っているのが太郎と次郎の兄弟だ。ほかの泳ぎ手からは頭一つ抜けている。

前の泳ぎくらべに出た火消しは、め組の者だった。

め組の縄張りは芝《しば》だ。日頃から海で泳いでいるから自信はあったのだが、勇みすぎて始めから飛ばしてしまい、すっかり息が上がってしまった。

このたびも、ぜひもう一度という訴えはあったのだが、同じ組から続けて出るのも考えものだ。それに、大川が縄張りのほうが地の利がある。そこで、火消し役が裁定を下し、次の三つくらべの泳ぎ手はり組から出ることになったのだった。

「そうかい、それはようこそお越しで」

大黒屋の隠居がおのれの箸と器を持って一枚板の席に移ってきた。

「うちのいちばんの常連さんです」

おみねが手で示した。

「大黒屋の隠居の七兵衛です」

隠居が温顔で名乗る。

「今戸のり組の纏《まとい》持ちの太郎で」

火消しの兄が纏を振るしぐさをした。

「その弟の下っ端の次郎で」

弟がそう名乗ったから、座敷まで笑いがわいた。

「来年の春に、三つくらべの泳ぎで海津さまと競うんだよ」

隠居がそう紹介した。

「どっちが出るんだい？」

太平が問うた。

「泳ぎの調子がいいほうで」

太郎が腕を回してみせた。

「われわれはつなぎどころの裏方をやらせてもらいますので」

千鳥屋の幸之助が笑みを浮かべた。

「そりゃあよしなに」

太郎が白い歯を見せた。

ほどなく、ほうとうができた。

一枚板の席には二人分の鍋、座敷の囲炉裏にはお代わりの鍋が運ばれた。

「あとでおじやもお持ちしますので」

おみねが笑顔で言う。

「腹が出ちまうな」

丑之助が帯をたたいた。

「まったくで」

富松も笑う。

「おう、こりゃうめえ」

火消しの兄が声をあげた。

「ほんとだ。絶品だぜ、兄ちゃん」

弟も感に堪えたように言った。

「来た甲斐があったぜ」

「次はみなで来よう」

火消しの兄弟の声がはずんだ。

「ぜひお待ちしております」

おみねがすぐさま言った。

「冬場は囲炉裏に火が入りますので」

真造が身ぶりをまじえた。

「身も心もあったかくなるからね、わん屋の料理を食べると」

隠居が笑みを浮かべた。

「ほんとですね」

「こりゃ、ほんとにうめえ」

箸を動かしながら、火消しの兄弟は答えた。

五

それからいくらか経った日――。

わん屋の中食は、かき揚げ丼膳だった。

真造は小ぶりの鍋でかき揚げをつくる。そうすれば油も衣も少なくて済むというのが料理人の知恵だ。

具は分葱《わけぎ》と人参と椎茸。かき揚げが固まりかけたところで衣を上からかけて足すのが勘どころだ。これできれいな形になる。

裏返してからりと揚げたかき揚げは、むろんのこと揚げたてがうまい。さりながら、中食の注文を受けてから揚げていたのではとても手が追いつかない。

そこで、真造は知恵を絞って丼にした。

あらかじめ揚げておいたかき揚げを四つに切り、葱とともに煮汁に加えてひと煮立ちしてから飯にのせて丼にするのだ。これならあつあつを食せるし、かき揚げの香ばしさも活きる。

膳の顔のかき揚げ丼に、香の物と豆腐汁とお浸しの小鉢がつく。例によってすべてが円い膳だ。

勢いでかき揚げを多めにつくりすぎてしまったが、足りなくなるよりはよほどいい。わん屋の中食の膳は今日も好評のうちに売り切れた。

二幕目に入ると、戯作者の蔵臼錦之助がまずふらりと姿を現わして一枚板の席に陣取った。さらに、いち早く普請仕事を終えた大工衆が座敷に上がった。短い中休みは束《つか》の間《ま》の凪《なぎ》のようなもので、わん屋はまた活気に包まれた。

「かき揚げの玉子とじはいかがでしょう、先生。丼にもできますが」

真造が蔵臼錦之助に水を向けた。

生のものは苦手な戯作者だが、鮪の赤身と玉子はむしろ好物だ。

「蕎麦をたぐってきたので、玉子とじだけがいいですな」

戯作者は答えた。

「承知しました」

真造はさっそく手を動かしだした。

そのとき、二人の武家がわん屋に姿を現わした。

「いらっしゃいまし。お相席になりますが、どちらでもどうぞ」

おみねが一枚板の席と座敷をかわるがわる手で示した。

初めて見る顔だった。

片方の武家は光沢のある黒の紬《つむぎ》の着流し姿だ。髷が豊かで凛々《りり》しい。

「こちらにしよう」

武家は一枚板の席に歩み寄った。

「はっ」

お付きとおぼしい武家が続く。

「御免」

そう断って、武家は一枚板の席に腰を下ろした。

先客の戯作者が軽く頭を下げる。

「いらっしゃいまし。何を呑まれますか？」

真造はたずねた。

「冷えるゆえ、燗酒《かんざけ》にしてくれ。ぬるめでな」

武家は答えた。

「承知しました」

真造が頭を下げる。

「それがしも同じで」

お付きの武家が控えめに言った。

「影御用の海津力三郎与力から聞いて参った」

押し出しのいい武家は、いくらか声を落として告げた。

「す、すると……」

真造は目を瞠った。

おみねもはっとしたような顔つきになる。

「それがしは剣術指南、筒井俊高と申す」

お忍びの大名は白い歯を見せた。

「その従者のごとき者で」

目付は笑みを浮かべなかった。

三つくらべの仕掛け役とも言うべき井筒美濃守高俊のことは、大河内同心が蔵臼錦之助に伝えてあった。

「これはこれは、ようこそのお出まして。やつがれは江戸で十番目くらいの戯作者、蔵臼錦之助と申す者でございます」

戯作者は芝居がかった口調で言った。

「十番目なら番付に載るぞ。おれなどは……いや、そういう話はよしておこう」

お忍びの大名は口元に手をやった。

大名の番付があっても、一万石の大和高旗藩主が載ることはない。

酒に続いて肴が出た。

戯作者が食べているのを見て所望したかき揚げの玉子とじを、筒井俊高と名乗る武家はうまそうに食べた。

「うむ。しっとりした玉子とさくっとしたかき揚げが響き合って美味だぞ」

満足げに言う。

「さようですな、殿」

目付が思わず口をすべらせた。

すかさずお忍びの大名が咳払《せきばら》いをする。

それで和気が生まれ、真造とおみねの表情もやわらいだ。

次に供されたのは、戻り鰹《がつお》の竜田揚げだった。

つけ汁にしっかりとつけ、厚めの衣で揚げた重厚なひと品だ。

「うわさどおり、すべての料理が円い器で出されているな」

お忍びの大名は楽しげな表情だった。

「ときどき盛り方に苦労することもございますが」

真造は笑みを浮かべた。

「では、その盛り方に苦労した料理を何か披露してくれ」

井筒高俊はそう所望した。

「承知しました。では」

一礼をしてから真造がつくりだしたのは、豆腐田楽《でんがく》だった。

蔵臼錦之助に出そうと下ごしらえをしてあった豆腐に平串を差し、割り醬油で下味をつけてから田楽味噌を塗って焼く。

普通なら横に三本並べるところだが、円皿だと余って見栄えが悪い。

そこで三ツ矢のかたちにして盛り付けて出した。

「なるほど」

お忍びの大名がひざを打った。

座敷の大工衆が思わず見たほどの声だ。

「こうやって、円い皿が映えるように盛り付けるのがわん屋流なんです」

戯作者が解説する。

「知恵の見せどころだな。三つくらべとも響き合っていて面白い」

お忍びの大名は満足げだ。

「では、まず泳ぎをば」

蔵臼錦之助がそう言って、初めの田楽に手を伸ばした。

「おお、ちょうどいい焼き加減だ」

井筒高俊がうなずく。

「田楽味噌もうまいです」

お付きの目付が言った。

「三つくらべでは、わたしの長兄が真っ白い毛色の神馬に乗って加わらせていただきます」

真造は声を落として告げた。

「江戸の町を祓うためだな」

お忍びの大名はいくらか身を乗り出した。

「はい」

わん屋のあるじはうなずいた。

「三つくらべは勝ち負けばかりではない。江戸の町を浄め、はやり病などの災いが起こらずようにすることも眼目だ。頼むぞ」

井筒高俊のまなざしに力がこもった。

「はい、伝えておきます」

真造も芯のある目つきで答えた。

第五章　ほまれの纏

一

秋から冬へと季《とき》が移ろった。

風が冷たくなると、胃の腑も心もあたたかいものが恋しくなる。わん屋の中食も、だんだんにそういう料理が増えてきた。

その日の中食の膳は、茸の炊き込みご飯と、とろろけんちん汁だった。

「おっ、今日はでけえ椀の競い合いかい」

「どっちが目玉か分からねえぞ」

なじみの左官衆が膳を見るなり言った。

「汁も目玉ですので」

おみねが笑顔で答えた。

「めだまだよ」

分かっているのかどうか、座敷にちょこんと座った円造が言う。

「そうかい。なら、味わって食うぜ」

「ありがとな」

客も笑顔になった。

茸の炊き込みご飯はなじみの味だ。舞茸に椎茸に平茸、三種の茸を油揚げとともに炒《いた》める。油揚げから出る油がちょうどいい塩梅になる。塩胡椒《こしょう》をきつめにするのが勘どころだ。具を炒めたら米にのせ、だしに醤油と味醂と酒を加えたものを注いで炊きこむ。

炊き上がりに注意し、わざとお焦げをいくらかつくってやると、香ばしくてことにうまい。

ぷちぷち、ぷちぷち、と釜が音で教えてくれる。

うまいぞ、うまいぞ……。

まるでそうささやいているかのようだ。

もうひと椀のとろろけんちん汁は具だくさんだ。

豆腐に長芋、人参に牛蒡《ごぼう》に椎茸に葱、これでもかと言わんばかりにたくさん具が入っている。

「こりゃ、あったまるな」

「すりおろした長芋がとろっとしてらあ」

「胡麻油の香りもぷうんとしてよ」

左官衆はご満悦だ。

「仕上げにすり胡麻も振ってありますので」

手を動かしながら、真造が言った。

「おお、それもうめえ」

「箸が止まらねえや」

わいわい言っているうちに、また次の客が入ってきた。

「おお、間に合った」

「いつもひやひやするぜ」

なじみの大工衆が笑みを浮かべて座敷に上がる。

「相済みません、お膳おしまいです」

おみねの声が表から響いてきた。

わん屋の中食の膳は、今日も好評のうちに売り切れた。

「炊き込みご飯、ちょっとつくりすぎたな」

真造が苦笑いを浮かべた。

「足りなくなるよりはいいわよ」

と、おみね。

二

「習いごとの前にたんと食べていきなよ」

真造は手伝いのおちさに水を向けた。

「あいにく今日は食べに行く約がありますので」

おちさは申し訳なさそうに答えた。

今日は袋物の習いごとで、朋輩《ほうばい》とともに食事をするらしい。

「ああ、それならしょうがないね」

真造は答えた。

「二幕目のお客さんに召し上がっていただくから」

おみねは笑みを浮かべた。

多めに炊いておいてちょうど良かった。二幕目にそろいの半被の火消し衆がどやどやと入ってきたからだ。

半被の背には、円に「り」と染め抜かれていた。

「今日はみなで来たぜ」

纏持ちの太郎が白い歯を見せた。

「ちょいと祝いごともあって」

弟の次郎が和す。

「まあ、さようですか。では、お座敷の囲炉裏のところにどうぞ」

おみねが身ぶりをまじえた。

「おっ、囲炉裏があるのかい」

「かわいい坊がいるじゃねえか」

「跡取りさんかい？」

かしらとおぼしい男がたずねた。

半被の「り」の円が金色だからそれと分かる。

「はい、まだむずかしいことはしゃべれませんけど」

おみねは笑顔で答えた。

り組のかしらは善吉《ぜんきち》といった。鬢はだいぶ白くなっているが、日焼けした顔にはつやがある。平生は鳶の親方をつとめているらしい。

次がしらは甚平《じんぺい》だ。こちらは半被の円が銀色になっている。

今日は甚平の祝いということだった。四人目の子が生まれたばかりらしい。

「さようですか。それはそれは、おめでたく存じます」

おみねが頭を下げた。

「では、鍋の支度をいたしますので、それまで茸の炊き込みご飯と刺身を召し上がってくださいまし」

真造もあいさつに出た。

「おう、いいな」

「刺身は何でえ」

火消しの一人が問うた。

「江戸前の寒鮃《かんびらめ》でございます」

真造はここぞとばかりに答えた。

「おっ、脂ののったやつだな」

「いいね」

火消し衆の顔に笑みが浮かぶ。

ほどなく、次々に料理が出された。

炊き込みご飯に刺身の大皿、酒の肴に秋刀魚の梅酒煮も供された。塩焼きがうまいが円い皿には映えない秋刀魚は、蒲焼きのほかにもいろいろと思案して出している。梅酒で煮たこのひと品はいい酒の肴になる。

囲炉裏に火が入った。

「鍋は何だい、おかみ」

かしらの善吉がたずねた。

「今日は泥鰌《どじょう》鍋にしてみました」

おみねが答える。

「お、泥鰌かい」

「駒形《こまがた》で食ったことがあるぜ」

「そりゃ、いい日に来た」

り組の面々の顔に喜色が浮かんだ。

「駒形の越後《えちご》屋《や》さんへ舌だめしに行って、見よう見まねでつくっていたものがやっとかたちになりまして」

厨で手を動かしながら、真造が言った。

いまに伝わる駒形泥鰌の鍋は、下ごしらえが勘どころだ。味噌を溶かしてこっくりと下茹《したゆ》でしてやれば、臭みが抜けて骨までやわらかくなる。

葱などの野菜と豆腐も加え、取り分けて一味唐辛子を振ると、冬場にはこたえられないひと品になる。

「ああ、こりゃうめえ」

太郎が笑みを浮かべた。

「これなら今戸から毎日通ってもいいや」

次郎も言う。

「泥鰌鍋は毎日出るのかい」

かしらの善吉が問うた。

「いえ、今日はたまたまで。ほうとうやおっきりこみなどの麺の鍋もよくお出ししています。お魚の浜鍋やつみれ鍋なども」

おみねがどこか唄うように告げた。

「どれもうまそうだな」

「さすがに今戸からは通えねえがな」

「何か祝いごとがねえと」

泥鰌鍋をつつきながら、火消し衆は口々に言った。

そうこうしているうちに、一枚板の席もだんだんに埋まってきた。

まず大黒屋の隠居の七兵衛とお付きの巳之吉が姿を現わした。続いて、的屋のあるじの大造《だいぞう》が油を売りに来た。なにぶん近いし、泊まり客の相手はおかみのおさだに任せておける。

「そうかい、三つくらべに出る火消しさんたちかい」

真造から話を聞いた隠居が言った。

「いや、出るのは一人だけですがね」

り組のかしらが言った。

「おいらか弟か、調子のいいほうが泳ぎ手で」

纏持ちの太郎が手を動かして見せた。

「馬と走りはよその組ですかい？」

的屋のあるじが問うた。

「馬は火消し役の三男坊が名手だそうで」

次がしらの甚平が答えた。

「ただの火消しにゃ荷が重いんで」

「旗本のせがれに任せねえと」

と、火消し衆。

「手ごわそうだねえ」

隠居がそう言って、穴子の骨煎餅をぱりっと嚙んだ。

穴子にかぎらず、鰻《うなぎ》や鱚《きす》や鯵など、中骨をからりと揚げて塩を振れば、恰好《かっこう》の酒の肴になる。盛られているのは美濃屋の瀬戸物の皿だ。

「兄は端《はな》から勝ち負けは思案していないようです」

真造は笑みを浮かべた。

「なら、走りは？」

大造がさらに問うた。

「め組がどうしても出たいと言うんで、そっちの韋駄天に」

太郎が腕を振る。

「前の泳ぎくらべで気張りすぎて息が上がって抜かれたのがよほど悔しいらしいや」

「そりゃ分かるがよ」

「また気合が入りすぎなきゃいいけど」

「まあ何にせよ、気張ってもらわねえと」

火消し衆がさえずる。

そこへおみねがおじやを運んでいった。

泥鰌鍋の余った汁にだしと飯と玉子を足してやると、舌が喜ぶおじやになる。

「おお、こりゃうめえ」

「こんなうめえおじや、食ったことねえや」

火消し衆は満面の笑みだ。

酒もずいぶん回った。

「なら、祝いをしてもらった礼に甚句だな」

次がしらの甚平が言った。

「纏もやんなよ、兄ちゃん」

次郎が水を向ける。

「よし、ちょいと坊を借りるぜ」

太郎が円造をひょいと抱き上げた。

「なら、行くぜ」

甚平はそう言うなり美声を響かせた。

花のお江戸の　火消しはよォー
今戸に響く　鐘の音
（ホイ、ホイ）

纏持ちは、纏に見立てて円造を揺らした。
嫌がるかと思いきや、円造は楽しげな顔つきだ。

江戸を護《まも》るは　火消しのほまれ
見よや　り組の勇み肌
（ホイ、ホイ）

わらべの纏が揺れる。
「いいねえ、円坊」
隠居が笑みを浮かべた。

「こりゃ、いいときに来たよ」

旅籠のあるじも笑顔だ。

江戸に回る火　さらりと消して
帰る纏の勇ましさ
（ホイ、ホイ）

纏に見立てられた円造がひときわ高くかざされた。

「たかい、たかい」

跡取り息子がはしゃぐ。

わん屋の面々もおのずと笑顔になった。

三

年が押しつまった。

その日の中食は、釜揚げうどんに干物のまぜおにぎりがついた膳を出した。

鰺の干物を焼いて身をほぐし、水気を絞った大根おろしに醬油をまぜ、ともにごはんにまぜておにぎりにする。さらにさっとあぶって刷毛《はけ》で醬油を塗れば、たいそう香ばしい仕上がりになる。

「毎度ありがたく存じました」

おみねの声が響いた。

いつものように、中食の膳は売り切れた。

だが……。

わん屋のおかみの声には妙な陰りがあった。

何か良くないことが起こりそうな感じを、朝から拭い去ることができなかったのだ。

おみねは円造から目を離さないようにしていた。これまでもうっかり座敷から落ちてわんわん泣いたりすることはあった。良くないことは円造の身に降りかかるかもしれない。そう思ったのだ。

しかし、そうではなかった。

災いが降りかかったのは、江戸の町だった。

「火事のようだぞ」

二幕目に入るなり、剣術指南の柿崎隼人がそう言いながら入ってきた。

おみねは思わず心の臓を手で押さえた。

「どのあたりです？」

真造がたずねた。

「浅草のほうらしい。今日は北風が強いからな」

柿崎隼人は顔をしかめた。

「ちょっと見てきます」

今日は二幕目も手伝うおちさが言った。

「なら、わたしも」

おみねも続いた。

外に出て耳を澄ますと、北のほうから半鐘の音が響いてきた。

早鐘だ。

的屋のおかみと跡取り息子も様子を見に出てきた。

「浅草のほうみたいですね」

おみねが言った。

「飛び火してこなきゃいいけど」

おさだが眉をひそめる。

江戸が大火に見舞われるのは、たいてい風の強い日だ。あちこちへ飛び火して手に負えなくなってしまい、ふと気がつけば火の海が広がっている。そんなことが過去にいくたびもあった。

しばらく気をもんでいると、韋駄天の千之助が息せき切って駆けてきた。

「火の手はどうです？」

おみねがたずねた。

「今戸のあたりから出た火が浅草のほうへ飛び火したらしい」

千之助は答えた。

それを聞いて、おみねの心の臓がきやりと鳴った。

今戸は、り組の縄張りだ。

「神田川《かんだがわ》で火の手が止まってくれりゃあいいんだが」

千之助が言った。

「川を飛び越えたら、ここいらだって剣呑《けんのん》だねえ」

的屋のおかみが眉間にしわを寄せた。

「そりゃ祈るしかねえな」

千之助は両手を合わせた。

風に乗って、また半鐘の音が聞こえてきた。

それは心なしか大きくなったように感じられた。

四

火の手はからくも神田川の手前で止まった。

しかし……。

江戸の町の被害は甚大だった。

今戸から浅草や御蔵前道《おくらまえみち》、さらに上野《うえの》のほうまで、あちこちに飛び火して多くの家が焼けた。

大火で焼け出された者は、通油町の界隈《かいわい》にもあふれてきた。

「よし、見世は閉めて炊き出しをやるぞ」

真造が言った。

「何を出すの？」

おみねがたずねた。

「芋粥《いもがゆ》だ。天麩羅にしようと思って甘藷《かんしょ》を多めに仕入れてある。あれを使えば、芋粥がたっぷりできる」

真造は答えた。

「承知で」

わん屋の二人はさっそく手を動かしだした。

幸い、円造は的屋で預かってもらえることになった。旅籠では行き場をなくした人たちに茶を出し、休む場を与えていた。江戸に住んでいれば、いくたびも災いを受ける。困ったときはお互いさまだ。

ややあって、大鍋いっぱいの芋粥ができた。

「おう、手伝うぜ」

「こんなときだからよ」

なじみの大工衆が手を貸してくれた。

「ありがたく存じます」

「助かります」

わん屋の二人が頭を下げた。

「人ごとじゃねえから」

「なに、またおいらたちが建て直してやるぜ」

「江戸は負けねえから」

気のいい大工衆が口々に言った。

人の助けも借りて、芋粥の支度が整った。

「あたたかい芋粥はいかがですかー」

通りに向かって、おみねが声を張りあげた。

「相済みませんが、焼け出された方のみとさせていただきます」

負けじと真造も言う。

「ただかい？」

家財道具を乗せた荷車を引いた男が短くたずねた。

「ええ、もちろんです」

おみねが答えた。

「なら、おまえたちも」

その女房が手をつないだ二人の子に言った。

「あったかいものを食べて、元気を出してね」

おみねが椀を渡した。

器は太平と真次たちがつくった木の椀を使った。これなら落としても平気だ。

「……おいしい」

匙《さじ》ですくって胃の腑に落とした十くらいのわらべが言った。

「しみるねえ」

焼け出されて逃げてきた男が、芋粥を味わってしみじみと言った。

聞けば、焼け出されるのはこれで三度目らしい。しばしば火の手が上がる江戸の町に住んでいれば、運が悪いとそんな目に遭う。

「苦労するけど、命さえあればね」

その女房が半ばはおのれに言い聞かせるように言った。

「気張ってくださいまし」

おみねが気の毒そうに言った。

「ああ、一杯の芋粥で救われたよ。……よし、行くぞ」

男はまた荷車に歩み寄った。

「芝に身寄りがいるもので、そこまで」

女房が伝えた。

「お気をつけて」

真造が声を発した。

その後もいくたりも焼け出された人がやってきた。なかには家族とはぐれてしまい、涙ながらに芋粥を啜る者もいた。そのさまを見たわん屋の夫婦は思わずもらい泣きをした。

そうこうしているうちに、芋粥の残りが少なくなってきた。

「ただのお粥にする？」

おみねがたずねた。

「煮豆にしようと思って水につけてあったものがある。あれを使えばいい。玉子も少し残ってるから」

真造が答えた。

「そうね。身の養いになりそうなものは何でも入れましょう」

話がまとまったとき、通りの向うから見知った顔が二人近づいてきた。

大河内同心と千之助だ。

「おう、炊き出しかい」

同心が右手を挙げた。

「はい。芋粥がなくなるところです」

おみねが笑みを浮かべた。

「火元のほうはどうです？」

真造がたずねた。

「ええことになっちまって」

千之助の顔が曇った。

「今戸が火元でよ」

大河内同心の眉間にしわが浮かんだ。

「今戸は、り組の縄張りですね」

真造はいくらか声を落とした。

「そのとおり。それで……」

同心は一つ息を入れてから続けた。

「火消しが一人、命を落としちまったらしいんだ」

五

それから半月経った。

大火の焼け跡では、早くも普請の槌《つち》の音が響きはじめた。災いが起こるたびに歯を食いしばり、みなで力を合わせて立て直していくのが江戸の民だ。

そんなある日、氷雨の降る八つ（午後二時ごろ）どき、そろいの印半纏姿の男たちがわん屋ののれんをくぐってきた。

り組の火消し衆だ。

大河内同心と千之助の顔も見える。

「いらっしゃいまし」

おみねが少しあいまいな顔つきで出迎えた。

「今日は厄落としみてえなもんでな」

大河内同心が渋い顔つきで言った。

前に祝いごとで来たときとは、火消し衆の様子は明らかに違った。意気消沈しているのがすぐさま分かった。

酒と肴の支度をしながら、真造とおみねは火消し衆の様子をうかがった。

……一人足りない。

前に来たときにいた顔が、座敷には見えなかった。

それは、纏持ちの太郎だった。

勇ましい最期だったと伝えられている。

火の海に包まれた屋根の上に立ち、太郎はほまれの纏を振っていた。

「この火は、り組が消すぜ」

凛《りん》とした声が、あたりに雄々しく響きわたった。

「危ねえ。崩れるぞ」

かしらの善吉が大声で告げた。

「兄ちゃん、逃げろ」

次郎も精一杯の声をかけた。

だが……。

時すでに遅かった。

屋根は一気に崩れた。

火の海に呑まれる寸前に、太郎はひときわ勇ましく纏を振った。

ほまれの纏は、まるで天に昇っていくかのように見えたという。

「つれえことで」

かしらの善吉が苦そうに猪口の酒を呑み干した。

太郎の葬儀と初七日も終わり、焼け跡の片付けも峠を越えた。そこで、様子を見にきた大河内同心に誘われ、いくたりかの火消しがわん屋を訪れたのだった。

「おかげで、あれくらいの火で収まったんだ。そう思いな」

同心が情のこもった声音で言った。

刺身の盛り合わせの大皿が出ているが、だれも箸をつけない。手酌で酒ばかり呑んでいる。

「若いもんにはそう言いました」

善吉が答えた。

「そうとでも考えねえとな」

次がしらの甚平が、のどの奥から絞り出すように言った。

「ほんとによう……」

次郎はそう言ったきり、言葉に詰まった。

必死に何かをこらえている。

「おう、食え。出されたものに悪い」

かしらが手つきで示した。

「へい」

控えめに箸が伸びはじめた。

ただし、うめえ、の声はもれなかった。

無理もなかった。もしここにいたら、真っ先に「うめえ」と言っただろう太郎の姿がない。

「こんなときに何だが、三つくらべはどうするんだい」

大河内同心がたずねた。

「おいらが出ます」

次郎がすぐさま手を挙げた。

「太郎の弔い合戦だからよ」

かしらが言う。

「そうかい。気張ってやんな」

同心が励ました。

「兄ちゃんの分まで……」

そこで言葉が途切れた。

三つくらべの泳ぎ手になる火消しは、袖で顔を覆って泣きだした。

「気張れ」

り組のかしらは、のどの奥から絞り出すように言った。

「兄ちゃんが助けてくれるさ」

「きっと力が出るぜ」

仲間が言う。

鍋の支度をしながら、真造は続けざまに瞬《まばた》きをした。

円造を纏の代わりにして、甚句の美声を響かせていたのが夢のようだ。

江戸に回る火　さらりと消して
帰る纏の勇ましさ
（ホイ、ホイ）

ほまれの纏の勇壮な動きが、目に浮かぶかのようだった。

第六章　蓬萊《ほうらい》鍋と白魚鍋

一

江戸の火事は、往々にして続けざまに起きる。

その年の師走もそうだった。

今戸から火が出て燃え広がったと思ったら、その三日後には芝で火事が起きて街道筋を焼いた。このときも、め組の火消しが一人、職に殉じた。

そんな災いの師走が終わり、年が明けた。

わん屋の正月は、今年は二日だけ休むことにした。三日は仕込みもあるため二幕目だけのれんを出し、四日から中食の膳を出す。

初詣は深川《ふかがわ》の八幡《はちまん》さまへ行った。

今年は、いや、今年こそ、江戸に災いが起きませんように……。

そう祈らずにはいられなかった。

初詣には円造もつれていった。歩けるところは歩かせたが、さすがに橋の上りなどはまだ荷が重い。真造がおおむね抱っこして運んだ。

帰りの永代橋《えいたいばし》のなかほどで立ち止まり、円造に船を見せてやった。

「ほら、お船よ」

おみねが笑顔で指さした。

「おふね、おふね」

円造は上機嫌だった。

「春の三つくらべでは、この大川を泳ぐんだぞ」

真造が言った。

「およぐ？」

わらべはいぶかしげに問うた。

まだ知らないことのほうが多い。

「こうやって泳ぐの」

おみねが身ぶりで示した。

「それじゃ溺れてるみたいだ」

真造は苦笑いを浮かべた。

「当日は応援ね」

と、おみね。

「裏方のつとめがあるかもしれないから、そのあたりとの兼ね合いだな」

真造は答えた。

「海津さまばかりじゃなくて、次郎さんの応援もしないと」

流れゆく大川の水面《みなも》を見ながら、おみねが言った。

火事で命を落としてしまった兄の代わりに三つくらべの泳ぎ手になる火消しの名も出す。

「そうだな」

わん屋のあるじは、感慨をこめてうなずいた。

二

「これから見世びらきですか」

的屋のおかみのおさだが、おみねに声をかけた。

「ええ、今日は二幕目だけちらっと開けるだけですが」

おみねが答える。

「で、いきなりで相済まないんですが、夕餉を二人分お願いしたいんですけど、できますかしら」

旅籠のおかみは指を二本示した。

「おせちなどでよろしければ」

おみねは答えた。

「それはきっと喜ばれるでしょう」

おさだは笑みを浮かべた。

正月の旅籠は初詣客などで書き入れ時だから、いくたりも泊まり客がいる。

「承知しました。伝えておきます」

おみねは笑顔で一礼した。

わん屋に戻ると、ほどなく客が入ってきた。

「一番乗りかい？」

そう言って笑みを浮かべたのは、大黒屋の隠居の七兵衛だった。

「さようでございます」

おみねが笑みを返した。

「今年もよしなにお願いいたします、ご隠居さん」

厨で手を動かしながら、真造が言った。

「幸先がよろしいですね、大旦那さま」

お付きの巳之吉が言う。

「年の瀬にいろいろ災いがあったから、今年はいい年にしないとね」

七兵衛はそう言って一枚板の席に腰を下ろした。

ほどなく、椀づくりの親方の太平と次兄の真次もやってきた。

「こりゃ初物で」

親方が土産代わりの椀を差し出した。

「まあ、ありがたく存じます」

おみねがていねいに頭を下げた。

「うちも持ってくればよかったね」

大黒屋の隠居が言った。

「いや、いつも頂戴していますから」

真造が申し訳なさそうに言った。

しくじった品だと言って、うち見たところどこが悪いのか分からない塗物を折にふれて土産にくれる。そう言った品は客に出す椀に使っているが、しくじりに気づいた者はまだだれもいなかった。

正月らしく、おせちを肴に出した。

黒豆に田作りに昆布巻《こぶま》きに数の子。紅白の蒲鉾《かまぼこ》に栗《くり》きんとんに煮しめ。どれも奇をてらわないまっすぐな料理だ。

「また一つ歳を重ねちまったな」

親方が苦笑いを浮かべて黒豆を口中に投じた。

なじみの大工からもらった古釘《ふるくぎ》を一緒に煮込んでいるから、つややかに光っている。豆を黒くするための知恵だ。

「わたしの前で言わないでおくれでないか」

大黒屋の隠居がすかさず言った。

「こりゃどうも。ご隠居さんはお若いんで、気がつきませんで」

太平は髷に手をやった。

ほどなく、なじみの左官衆がどやどやと入ってきた。

「あっ、一番乗りだと思ったんだがな」

「先を越されちまったぜ」

初物好きな左官衆がいくらか悔しそうに言った。

「はは、悪かったね」

七兵衛が笑みを浮かべた。

「冷えるから、何かあったまるものをくんな」

「囲炉裏は初物だからよ」

左官衆がさえずる。

「うどんの鍋ができますが、よろしゅうございますか?」

真造がたずねた。

ほうとうやおっきりこみ、ほかにもさまざまな麵をつくれるが、今日はうどんを少し打った。

「おう、いいぜ」

「望むところだ」

囲炉裏の前に陣取った左官衆が笑みを浮かべた。

「うどんなら、わたしもいただきたいね」

隠居が手を挙げた。

「よろしゅうございますね、大旦那さま」

お付きの手代の瞳が輝く。

「小うどんなら食うよ」

「おいらたちの椀で」

椀づくりの二人の声がそろった。

「承知で」

真造はすぐさま答えた。

同じ木の椀でも厚さによって使い勝手が違ってくる。熱い汁を入れても呑めるような椀もわん屋には入っていた。

逆に、陶器の碗でも刺身が映えるような薄い造りのものもある。そういったさまざまな器を料理によって使い分けるのが料理人の腕の見せどころだ。

「今年は兄さんは来ないんだね」

真次がそう言って、猪口の酒を呑み干した。

「おととしの正月は安産の祈願もあったし、真沙も神社にいたから」

真造は答えた。

「ほんとにあっという間ね」

おみねが感慨深げな面持ちになった。

一昨年の正月、依那古神社の宮司は、目が覚めるほど白い神馬の浄雪に乗ってわん屋にやってきた。おみねの安産を祈るためだ。当時は末妹の真沙が神社にいたから、弟子の空斎とともに初詣客をさばくことができた。

「おかげで円坊が生まれて、ああやって無事育ってくれてるんだからね」

隠居が座敷のほうを手で示した。

左官衆に遊んでもらって、円造は上機嫌だ。

長兄の真斎からは、暮れに文が届いた。

浄雪は達者に過ごしているが、今年は三つくらべで江戸へ行かねばならないから、正月はやめることにした。下見を兼ねて行くことも思案したが、べつにどうあっても勝たねばならぬというわけでもなさそうだし、それよりは江戸を祓うことが大事ゆえ、当日まで力を蓄えておきたい。

ざっとそのようなことが、いつもの達筆でしたためられていた。

ほどなく、囲炉裏に火が入り、うどん鍋がかけられた。

一枚板の席には、木の椀に盛られた小うどんが出た。紅白の蒲鉾に刻み葱、縁起物のとろろ昆布に玉子焼きまで入った彩り豊かなひと品だ。一味唐辛子を振れば、さらに彩りが増える。

「箸が迷います」

お付きの巳之吉が笑みを浮かべる。

「ほんとにそうだね。江戸の町もこんな按配で円くおさまるといいんだが」

隠居はそう言って、うどんのつゆを少し啜った。

「まったくで、ご隠居」

椀づくりの親方は一つうなずくと、わっと箸を動かした。

三

正月のわん講は盛況だった。

椀づくりの面々ばかりでなく、海津与力と大河内同心、その手下の千之助、さらに戯作者の蔵臼錦之助まで顔を見せた。

今年初めのわん市に加え、三つくらべの裏方の打ち合わせもある。相談することには事欠かない。

「お待たせいたしました。蓬萊鍋でございます」

おみねが囲炉裏に大鍋を運んでいった。

「へえ、蓬莱ですか」

美濃屋の正作が覗《のぞ》きこんだ。

「神仙が棲《す》むと言われる国ですね」

千鳥屋の幸之助が言う。

「はい、正月らしく、おめでたい具だくさんの鍋で」

おみねは笑みを浮かべた。

蓬莱と名がつく料理に入れなければならないものの決まりはないのだが、海老《えび》などの縁起物を加えてにぎやかにすれば名前負けはしない。今日のわん屋の蓬莱鍋は、車海老に蛤《はまぐり》、焼き豆腐に干し椎茸に葱に白滝、銀杏《ぎんなん》や花麩《はなふ》まで入った豪華な鍋だった。

「あちらのほうが良かったな」

大河内同心が苦笑いを浮かべた。

「同じ具を使った鍋焼きうどんをと思っているんですが」

真造が水を向けた。

「おう、それはいいな」

海津与力が真っ先に答えた。

「やつがれは精進うどんで」

蔵臼錦之助が言った。

「承知しました」

真造はすぐさま答えた。

三つくらべの段取りのほうは順調に進んでいた。

肝心の日取りは、大和高旗藩主がお忍びで見物できるように登城の日などを避け、三月の半ばの吉日と決まった。裏方をつとめねばならないため、三月のわんこ講はなしだ。

「三月（旧暦）の半ばだと、もう葉桜の頃合いだろうかね」

大黒屋の隠居が言った。

「年によっても違いましょう」

盆づくりの松蔵《まつぞう》が言う。

「大川の水はまだ冷たいんじゃないですかい？」

竹細工職人の丑之助がいくらか心配げに問うた。

「そりゃ夏よりは冷たいが、寒中水泳などもやったことがあるからな」

海津与力は白い歯を見せた。

「火消しも寒稽古をやりますしね」

大河内同心が言う。

「そっちのほうは、馬役と走り役とも顔つなぎをして、段取りを進めてるそうでさ。そのうちここへ来るかも」

千之助が告げた。

「もう一つのほうはいかがです？」

戯作者がぼかしたかたちで問うた。

大和高旗藩のことだ。

「そっちのほうも、気を入れて稽古に励んでいるようだ」

海津与力が答えた。

ほどなく、鍋焼きうどんができた。

同じ具を使っているが、こちらには玉子と刻んだ油揚げも入っている。

「こっちの席でよかったな」

大河内同心が味わうなり言ったから、一枚板の席に笑いがわいた。

「やつがれのほうには、ゆでた三河島菜《みかわしまな》も」

戯作者が青々としたものを箸でつまむ。

「三つくらべの前に、引札みたいなもんは出すんですかい？」

竹箸づくりの富松が問うた。

「そりゃあ、かわら版で」

蔵臼錦之助はそう答えて、三河島菜を口中に投じた。

り組の太郎ばかりでなく、芝の火事ではめ組の火消しも職に殉じた。そのあたりを採り上げ、さりげなく三つくらべの前宣伝もしたかわら版はずいぶんと売れた。むろん、文案は蔵臼錦之助お得意の舞文曲筆だ。

「馬のつなぎどころなどの細かいところは、そのうちまた打ち合わせてくるつもりだ」

海津与力がそう言って、また箸を小気味よく動かした。

「何にせよ、楽しみですな」

「江戸を祓うための三つくらべですから」

「気張ってくださいまし」

囲炉裏のほうから、次々に声が飛んだ。

四

二月のある日——。

わん屋の二幕目に、火消し衆がのれんをくぐってきた。

ただし、同じ組の印半纏ではなかった。背に染め抜かれている仮名は、「り」と「め」の二種があった。

「おお、寒い寒い」

そう言いながら入ってきたのは、り組の次郎だった。

「何かあったけえものを食わしてやってくんな」

次がしらの甚平が言う。

「承知しました。では、けんちん汁を」

真造はさっそく手を動かしだした。

「大川の水はまだ冷てえや」

め組の火消しが首をすくめた。

「ひょっとして、この寒いのに泳ぎの稽古か」

座敷で門人と呑んでいた柿崎隼人が驚いたように言った。

「へい、さようで。おいらは控えなんですが」

め組の火消しが答えた。

江戸じゅうを巡る三つくらべは、初めて行われる大きな催しだ。泳ぎ手はり組の次郎に決まっているが、もし万が一風邪で熱でも出したら大役を担わせるわけにはいかない。

そこで、前回の泳ぎくらべでは苦杯をなめため組に声をかけ、控え役を頼んだ。雪辱を期すめ組は、走り役で表舞台に出ることが決まっている。ならば泳ぎは控え役をと快く引き受けてくれた。

逆に、走り役はり組が控えをつとめる。馬役は旗本の火消し役の三男がつとめる手はずだが、もし出られなかったときはその朋輩に声をかけてあるようだ。

影御用のほうの馬役は依那古神社の宮司しかいないが、こちらも万が一のときは町方に代役を頼むことになっていた。大名のほうは藩を挙げての取り組みだから、どこかが欠けることはない。三つくらべの段取りは徐々に整ってきた。

「今日は一緒に稽古してきたんです」

次郎が髷に手をやった。

前にわん屋に来たときより、その表情はよほど明るくなっていた。

「いい稽古ができました？」

おみねが問うた。

「へい。なかなかいい勝負で」

と、次郎。

「粘って泳いで、馬につなげばいいさ」

次がしらの甚平が言った。

「へい、焦らずやりまさ」

次郎が答えた。

ここでけんちん汁ができた。

「ああ、生き返るな」

次郎が笑みを浮かべた。

「うめえ」のひと言」め組の火消しも和す。

「お代わりもありますので」

真造が言った。

「なら、三杯くらい」

すかさず次郎が言った。

「まず一杯食ってから言いな」

甚平がそう言ったから、わん屋に和気が漂った。

五

さらにいくらか経った日――。

わん屋ののれんを、いくたりかの武家がくぐってきた。

「あっ、これは」

真造の顔つきが引き締まった。

久々に顔を見せたのは、お忍びの大和高旗藩主だった。

目付のほかに、三人の武家を引きつれている。

「久しいのう。囲炉裏は空いているか」

着流しの武家が手で示した。

「はい。どうぞお上がりくださいまし」

おみねが身ぶりをまじえた。

「では、前祝いだ」

筒井俊高と名乗るお忍びの藩主が言った。

「失礼します」

やや硬い表情で、藩士たちが続く。

「何ができる」

お忍びの大名は歯切れよく問うた。

「今日は白魚がたんと入っておりますので、お鍋はいかがかと」

おみねが水を向けた。

「白魚鍋か。面白い」

井筒美濃守高俊は白い歯を見せた。

「では、ただいま支度いたしますので」

わん屋のおかみが笑みを浮かべた。

「だれだい？」

一枚板の席に陣取っていた大黒屋の隠居が声を落として問うた。

「三つくらべに出られる方がひそかに」

真造も小声で答えた。

「お忍びかい」

隠居の顔に驚きの色が浮かぶ。

「さようで」

短い会話が終わった。

「他言は無用だよ」

隠居はお付きの手代にクギを刺した。

「はい」

巳之吉は引き締まった表情で答えた。

白魚鍋の支度が整うまで、酒とほかの肴を運んでいった。

筍《たけのこ》の直鰹煮《じがつおに》にタラの芽の天麩羅、それに、小鯛《こだい》の塩焼き。お忍びの大名と藩士たちはさっそく箸を動かしだした。

「わがほうは精鋭ぞろい、相撲でいえば東の大関と書いてあるな」

ふところから取り出したものを広げて、お忍びの大名が言った。

かわら版だ。

「べつに公儀からお咎《とが》めもなさそうなので」

目付がにこりともせずに言う。

「それがしは出遅れますが、なにとぞご容赦を」

泳ぎ手の武家がややあいまいな顔つきで言った。

榊原主水だ。

「慎重につないでくれればよい。あとが控えているからな」

お忍びの大名が言った。

四方を山に囲まれた小藩にとっては、泳ぎがいちばんの泣きどころだ。国許《くにもと》には大きな川もため池もないから、泳げる者のほうが少ない。

「承知しました」

泳ぎ手の武家が一礼した。

「それがしが大役で」

馬の乗り手が表情を引き締めた。

「神馬は祝詞を唱えながらゆっくり進む。初めから勢いこまずとも途中で追いつけるからな」

井筒高俊が言う。

「おぬしが走るわけではないから」

目付がそう言ったから、場の気がいくらかやわらいだ。

馬の乗り手は、御子柴大膳《みこしばたいぜん》。藩では剣の遣い手としても知られている。

「最後の走りまでもつれるやもしれぬ。影御用組の走り手は忍びの血を引く韋駄天だそうだ」

お忍びの大名が言った。

千之助のことだ。

「抜かれぬように鍛えておりますので」

若い武家が答えた。

「頼むぞ、右近《うこん》」

大和高旗藩主が言った。

「はっ」

武家は気の入った返事をした。

井筒右近は藩主の甥《おい》だ。ゆくゆくは藩政の一翼を担うことになる逸材と言われている。

泳ぎ手、榊原主水。

馬の乗り手、御子柴大膳。

走り手、井筒右近。

大和高旗藩の布陣はそう決まっていた。

「それにしても、調子よく書いてあるな」

お忍びの大名はかわら版を指さした。

同じ刷り物はわん屋にもあった。

大黒屋の隠居がさりげなく一枚板の席で広げる。

そこには、こう記されていた。

弥生三月吉日に
江戸の災ひ祓ふべく
催さるるは前代未聞
驚天動地の三つくらべ

おなじみ、蔵臼錦之助の手になる名調子だ。

こう続く。

まづは大川をひと泳ぎ
馬につないで泉岳寺《せんがくじ》
終ひは走りで日枝《ひえ》権現
競ふは火消しに影御用
大和高旗藩の武家
どこが強いか一番か
見逃すなかれこの競ひ
弥生三月吉日に
江戸の災ひ祓ふべく
催さるるは三つくらべ
前代未聞驚天動地
善哉《よきかな》善哉

かわら版には煽《あお》り文句ばかりでなく、泳いで馬で駆けて走る絵が入っていた。どういう組が競い合うか、江戸のどこをたどるか、つなぎどころも示した絵図も抜かりなく入っている。

「このかわら版を手にした見物衆がたくさん押しかけましょう」

御子柴大膳が言った。

「それは空模様にもよるだろうな」

目付が慎重に言う。

「何にせよ、わがほうの力を見せねばのう」

お忍びの藩主がひざを一つたたいた。

そのとき、白魚鍋の支度が整った。

大事な客だから、真造とおみねが二人で運び、食し方を事細かに伝える。

そのあいだ、遊んでほしそうにとことこ歩いてきた円造の相手は、隠居と手代がつとめていた。

白魚鍋のつゆは、だし汁に味醂と酒と薄口醬油を加える。色の濃い醬油は白魚に合わない。

白魚は塩水でさっと洗い、水気をよく切っておく。

合わせるのは風味のいい三つ葉だ。これは二つに切っておく。

美濃焼の円い大皿に白魚と三つ葉を盛り、白魚の上に玉子の黄身を載せる。

「黄身と白魚をまぜて、三つ葉と一緒にお鍋に入れてくださいまし」

おみねが大皿を手で示した。

「では、それがしが」

井筒右近が穴の開いたおたまを手に取る。

「あまり煮すぎぬようにするのが勘どころです。さっと煮えばなを取り分けて、粉山椒をお好みで振ってお召し上がりくださいまし」

真造が手際よく言った。

「分かった。あとはやるから、子を見てやれ」

井筒高俊は一枚板の席のほうを見て言った。

「承知しました」

「では、ごゆっくり」

わん屋の二人は下がっていった。

ややあって、鍋が頃合いになった。

「まずは殿に」

藩主の甥が碗を渡す。

「おれはただの剣術指南だ」

お忍びの大名は笑って受け取ると、粉山椒を少し振ってから口中に投じた。

「おお、これはうまい」

井筒高俊は声をあげた。

ほかの武家にも好評だった。

「大川の恵みの味です」

「今日来られて幸いでした」

「まことに、舌が喜ぶ味で」

どの顔にも笑みが浮かんでいた。

「お代わりもご用意できますが」

どんどんなくなっていく鍋の様子を見て、おみねが声をかけた。

「ぜひ頼む」

お忍びの大名が真っ先に手を挙げた。

第七章　三色の鉢巻き

一

依那古神社のしだれ桜が満開になった。

見事な枝ぶりの桜だから、近在の衆ばかりでなく、遠くからも花見客が訪れる。

神社で八浄餅を買い、桜をながめながら食すのが楽しみだ。

そんな神社の書き入れ時——。

宮司は旅支度を整え、真っ白い神馬の浄雪にまたがった。

「すまぬが、あとを頼む」

真斎は弟子の空斎に言った。

「承知しました。助っ人も来てもらったので」

空斎は応援の巫女《みこ》を手で示した。

三峯大権現へ嫁に行った末妹の真沙が修行をしたことがある佐那具《さなぐ》神社に頼んだところ、快く助っ人を出してくれた。これで心安んじて三つくらべに出ることができる。

「よしなにな」

真斎は巫女に言った。

「はい」

すらりとした娘が笑顔で答えた。

「では、行ってくる」

神官は白い歯を見せた。

「お気をつけて」

弟子と助っ人の巫女に見送られ、真斎は依那古神社を発《た》った。

ときおり空を見上げ、雲の流れを見る。

今日は江戸の控え所に泊まり、明日いよいよ三つくらべに出る。天候が気がかりだったが、この雲の流れなら大丈夫そうだ。

(頼むぞ)

折にふれて神馬のたてがみをなでながら進む。

先だって、三つくらべで走り役をつとめる千之助という男が段取りを伝えに来た。

それによると、馬の控え所は、永代橋の西詰に近い下総関宿《しもうさせきやど》藩の中屋敷になっていた。久世《くぜ》家は五万八千石、幕閣もつとめる名家だ。

永代橋の西詰には御船手番所がある。近くに組屋敷がある役人たちは、三つくらべの日は船ではなく、泳ぎ手を馬のつなぎどころまで案内する役目を担う手はずになっていた。

「当日にも言われると思いますが、日本橋《にほんばし》を渡るまでは飛ばさねえように」

千之助はそう伝えた。

「もとより、わたしはゆっくり祝詞を唱えながら進むので」

真斎は答えた。

「街道筋には、ほかにも橋がいくつもありまさ。そこですっころばねえように、よくよく気をつけてくださいまし」

つなぎ役がさらに伝えた。

「承知した」

真斎は白い歯を見せた。

「ゆっくり進んでもらっても、おいらが韋駄天走りで抜き返しますんで」

千之助は腕を振るしぐさをした。

勝ち負けもあるにはあるが、江戸の町を祓うのがこのたびの三つくらべの眼目だ。まずは神馬を無事進ませ、つとめを果たさねばならない。

（しっかりな）

真斎はまた浄雪のたてがみをなで、首筋をぽんぽんと手でたたいた。

分かった、とばかりに、神馬の首が動いた。

二

本日、お江戸三つくらべの裏方のため
お休みさせていただきます
わん屋

わん屋の前に、早々とそんな貼り紙が出た。

それでも、真造は厨で手を動かしていた。

おみねも一緒だ。

二人がつくっていたのは、おにぎりだった。

具は梅干しと昆布の佃煮《つくだに》の二種だ。どちらも塩気がある。

「汗をかいたときは、塩気のあるものがいちばんだからな」

小気味よく手を動かしながら、真造が言った。

「お漬け物もあるし」

おみねが手で示す。

沢庵に瓜《うり》の漬け物。こちらはすでに壺《つぼ》に入れてある。

真造は水や食べ物を供する休みどころに詰めるが、円造の世話があるおみねはわん屋で留守番だ。

「よし、あらかたできたな」

真造が手を打ち合わせた。

「走り手さんはこんなに食べないと思うけど」

おみねが笑みを浮かべた。

「余ったら見物衆にあげるよ」

真造は笑みを返した。

それからほどなく、大黒屋の隠居が手代とともに姿を現わした。

「どうだい、支度は」

七兵衛が問うた。

「いまできたところです」

真造は答えた。

「そうかい。表に火消し衆の荷車が来てるんで、水桶と一緒に運んでもらうよ」

隠居が段取りを伝えた。

「さようですか」

「では、おにぎりに手拭をかけましょう」

わん屋の二人はてきぱきと動いた。

ここで、り組の火消し衆が現れた。

裏方の指揮を執っているのは次がしらの甚平だ。かしらの善吉は泳ぎ手の次郎についているらしい。

「水桶に神社の湧き水を汲んできたんで」

「これで馬も走り手も生き返りまさ」

「おっ、うまそうなおにぎりで」

火消しの一人が手拭を持ち上げて言った。

「ちょっとつくりすぎたので、一つずつならいいですよ」

真造が言った。

「えっ、いいんですかい？」

と、火消し。

「こちらが梅干し、こちらが昆布ですので」

おみねが手で示した。

「なら、一つずつもらえ」

甚平が言った。

「へい、承知で」

「ありがてえ」

これから荷車を引く火消し衆の手が伸びた。

「おまえはただのお付きだから駄目だぞ」

食べたそうにしていた巳之吉に向かって隠居がそう言ったから、わん屋に思わず笑いがもれた。

「なら、わたしは荷車の押し役で」

真造が身ぶりをまじえた。

「そりゃ助かりまさ」

り組の次がしらが笑みを浮かべた。

「ああ、うめえ」

「いい梅干しを使ってら」

「何より飯がうめえ」

火消し衆はみな笑顔だ。

ほどなく、支度が整った。

わん屋のおにぎりと漬け物も載せた荷車は街道筋を動きだした。

三

いささか風は強いが、幸いにも晴天に恵まれた。

江戸で初めての三つくらべを見物しようと、泳ぎ手たちが下を通る橋はかなりの人出になった。

初めは吾妻橋《あづまばし》だ。

見物衆の多い両国橋《りょうごくばし》から始めるという案も出たが、やはりもっと長くした。師走の大火は今戸から出た。浅草寺《せんそうじ》の本堂はからくも焼失を免れたが、門やお堂がいくつか焼けた。御蔵前道にかけて火の手が広がり、蔵にも被害が出た。江戸を祓うためには、やはりここから泳がねばなるまい。海津与力が後ろ盾の大和高旗藩主と相談し、そう決めたのだった。

吾妻橋から両国橋を目指す。途中に渡しが二か所あるが、泳ぎくらべのあいだは船を止める手はずになっていた。

もっとも繁華な両国橋からさらに大川を下り、新大橋をくぐり、終いの永代橋を目指す。泳ぎ手の地力が問われる長さだ。

影御用の組はそのままそう名乗るわけにはいかないから、あいまいな名称だが御用組ということにした。世の安寧《あんねい》を保つための御用をつとめている面々というふれこみゆえ、神馬にまたがった神官が含まれていてもどうにか辻褄《つじつま》が合う。

その御用組と、大和高旗藩と火消し。三つの組には、それぞれ伴走する船を出すことが認められていた。また、そのほかに医者を乗せた船も出る。万が一のときの備えには抜かりがなかった。

泳ぎくらべは午《ひる》に始まる。

浅草寺の鐘が鳴ったら泳ぎ手が川に入り、百数えてから泳ぎはじめるというおおよその段取りだ。

三つの組の泳ぎ手たちは、まだ岸にいた。鐘が鳴るまでにはまだいくらか間がありそうだ。

「いかがですか、調子は」

大河内同心が海津与力に声をかけた。

「まああだな」

浴衣をはおったまま身を動かしながら、海津与力が答えた。

身を曲げ伸ばし、肩を入念に回す。ときには伸《の》しの稽古もする。

「水が冷たそうですが」

同心は大川のほうを見た。

天気はいいが、風がある。いささか棘《とげ》がある花散らしの風だ。そのせいで、だいぶ川波が立っていた。

「だから、こうやって身を動かしてるんだ」

与力はひざの曲げ伸ばしを始めた。

「なるほど。あっちもやってますな」

大河内同心はいくらか離れたところを指さした。
そこでは、火消しの次郎が仲間に見守られながら備えをしていた。

四

「鉢巻きはしっかり締めたな？」
り組のかしらの善吉が念を押すように問うた。
「へい。落ちねえようにしました」
次郎が引き締まった表情で額に手をやった。
赤い鉢巻きだ。
見物衆がひと目で分かるように、鉢巻きの色を変えてある。
火消し組、赤。
大和高旗藩、青。
御用組、白。
これなら遠目でも分かる。
当初は襷をかけ渡し、泳ぎから馬、馬から走りへつなぐときに渡すという案も

出たのだが、泳ぎで水を含んだものをつなぐのはいかがなものかということにな
った。そもそも、襷をかけ渡していると泳ぎづらくなってしまうかもしれない。

そこで、鉢巻きに変わった。

これもつなぐと水を含む。泳ぎ手がぶつかって手が当たったりしたら、鉢巻き
が外れてしまうかもしれない。

というわけで、三つくらべのそれぞれの役が鉢巻きを締め、手を打ち合わせて
つなぐというやり方になった。つなぎどころには役人がいるから、きちんとつな
いだかどうか検分することができる。

「初めから気張りすぎるな」

かしらが言った。

「へい。ただ、水が冷てえんで」

腕を回しながら、次郎が答えた。

「追い追いあったまってくるさ」

「焦らず泳ぎな」

「今日は波も立ってるし、流れもあるしよ」

火消し仲間がやや気づかわしげに言った。

「兄ちゃんもついてるんで」

次郎は鉢巻きを締めた額に手をやった。

そこには、兄の太郎が身につけていた形見の御守《おまもり》が縫いこまれていた。

「いざってときに助けてくれるさ」

かしらは渋い笑みを浮かべた。

「一緒に気張ってきます」

次郎はそう言ってまた腕を回した。

五

泳ぎ手にはそれぞれの組が伴走の船を出すことが認められていた。

もし泳ぎ手の息が上がったら、水筒を投げ入れたり、どうしてもいけないときには救助したりすることもできる。

一艘《そう》の船には、筒井筒の家紋が刻まれていた。大和高旗藩主、井筒家の紋所だ。

「落ち着いていけ、榊原」

着流しの武家が声をかけた。

お忍びの大名、井筒美濃守高俊だ。

昨年の大川泳ぎくらべのときもお忍びの船で見物し、大いに気に入って三つくらべの案を出したこのたびの仕掛け人とでも言うべき人物だ。おとなしく上屋敷で待ってなどいるはずがない。このあとも、伴走の船に乗りこんで泳ぎ手を叱咤《しった》激励する手はずになっている。

「はっ」

泳ぎ手の榊原主水が、かなり緊張の面持ちで答えた。

「だいぶ波が立ってきましたな」

目付が渋い表情で言った。

「それがし、波のある泳ぎは分かりかねるところが」

泳ぎ手は自信なさそうな顔つきだ。

「おぬしは立ち泳ぎを得手としておろう?」

藩主が問う。

「はい。水を踏みつけながら息を継ぐのは得手ではあるのですが」

榊原主水の返事はいま一つ煮えきらなかった。

「不得手なのは何だ?」

目付がたずねた。

「はっ。前へ進むことでございます。その、なかなか思うように前へ進んでいきませんので」

泳ぎ手は困ったような顔つきで答えた。

「足ばかりでなく、手も使え」

お忍びの藩主が身ぶりをまじえた。

「左を伸ばし、右で水をかくようにはしているのですが、よその組の泳ぎ手よりは格段に遅かろうと」

榊原主水も手の動きで示す。

「遅くともよい。馬につなぐことだけを考えよ」

藩主はそう告げた。

「はっ」

泳ぎ手の表情が引き締まった。

「馬は大膳が速いはずだ。大差になっても追いつける。おぬしは休み休みでよい。無理はするな」

お忍びの大名が言った。

「心得ました」

榊原主水は気の入った声で答えた。

六

三つの組のほかに、伴走する船はもう一艘あった。

この船に乗りこむのは、万が一のときの備えの医者と、三つくらべの光景を筆にとどめる絵師、それに、戯作者の蔵臼錦之助だった。

「そろそろ、前盛り上げにかかりますかな」

戯作者は絵師に言った。

蔵臼錦之助がいつもの舞文曲筆を躍らせ、絵師の絵を添えてかわら版として売り出せば飛ぶように売れるだろうという皮算用だ。

「先に浅草寺の鐘が鳴ったりしたら間抜けですから」

あごひげを伸ばした絵師が答えた。

戯作者は一つうなずくと、吾妻橋の西詰に控えていた男に声をかけた。

「出番ですぞ、玄庵《げんあん》さん」

ひときわ大きな声を張りあげる。

「おう」

それに輪をかけたよく通る声が返ってきた。

講釈師の玄庵だ。

「さあ、お立合い、ご見物衆」

吾妻橋の西詰一帯に響きわたる声を発する。

講釈師というつとめ柄、地声も大きいが、手に細長い三角の笠《かさ》を逆向きにした面妖な道具を持っている。それを通せば、声がむやみに大きくなるのだった。

音拡《ひろ》げ器だ。

せっかく思案してつくったものの、うるさいからまかりならぬというお達しが出てお蔵入りになっていたのだが、思わぬかたちで出番がやってきた。

「いまから始まるは、江戸で初めての三つくらべ。見逃すなかれ、この勝負」

どどん、と弟子が太鼓を打つ。

「波立つ大川をば永代橋まで泳ぎきり、駿馬につないで泉岳寺まで、最後は韋駄天の競い合い。果たして勝つはいずこの組か」

べべん、と講釈師が首にかけた太棹《ふとざお》を鳴らす。

岸で聞いていた蔵臼錦之助は一つうなずいた。

いい調子の前盛り上げだ。

「よっ、待ってました」

「おれら、朝から来て場所を取ってたんだ」

「みんな気張ってくんな」

見物衆から声が飛ぶ。

「さて、三つくらべに登場するは……」

講釈師はそれぞれの組の紹介に移った。

「まずは江戸の三男《さんおとこ》の一つ、火をも恐れぬ勇み肌、地元り組に芝のめ組、馬は火消し役が三男坊、力を合わせて江戸を行く、これぞほまれの火消し組！」

音拡げ器を通して、ひときわよく通る声が響いた。

岸で控えていた火消し衆が手を挙げた。

「おっ、気張れ」

「江戸の男の意地を見せてやれ」

「いいぞ、火消し」

また声が飛んだ。

「続くは、三つくらべの発案者、大和高旗藩の精鋭なり。名君井筒美濃守が率いるつわものぞろい、江戸を泳いで駆け抜ける、ほまれの武家に栄あれ！」

講釈師の声が響きわたる。

お忍びの藩主にうながされ、榊原主水が控えめに手を挙げた。

「さて、しんがりに控えしは、名をば明かせぬ御用組、江戸の災い祓うべく、ついに出《い》でたる真打ちは、白馬に乗ったる神官ぞ。まずは神馬につなぐべく、江戸随一の泳ぎ手の、与力海津力三郎、満を持しての登場なり！」

講釈師の名調子に応えて、海津与力が手を挙げた。

「待ってました」

「去年の泳ぎくらべも見たぜ」

「気張ってくださいまし」

声援がひときわ高くなった。

海津与力の泳ぎっぷりは、かわら版で賞賛されて江戸の民につとに知られている。

「わがほうは影が薄いな」

お忍びの大名は苦笑いを浮かべた。

「終いに抜けばよろしゅうございましょう」

目付が表情を変えずに言った。

そのとき、鐘の音が響いてきた。

午だ。

「それでは、三つくらべ、始まり、始まりー!」

講釈師がひときわよく通る声を響かせた。

七

「よしっ」

海津与力が浴衣を脱いだ。

「気張ってくださいまし」

蔵臼錦之助が声をかける。

「いくらか試し泳ぎをする。しばし待ってくれ」

与力はそう告げた。

「なら、百数えるんじゃなくて、支度が整ってから十数えることに」

西詰の講釈師にも聞こえるような声で、戯作者は言った。

「そうしてくれ」

与力はそう答えるなり、岸から川に入り、試し泳ぎを始めた。

胸から肩にかけて、筋肉が見事に張っている。

「行くぜ」

次郎も続いた。

「気張れ」

「兄ちゃんがついてるぞ」

仲間から励ましの声が飛ぶ。

「うう、冷てえ」

次郎は思わずそう言った。

弥生三月の水は冷たい。これで下流の永代橋まで泳げるのかと思うほどだ。

最後に、大和高旗藩の榊原主水が入水した。

こちらも水の冷たさに顔をしかめる。

伴走の船の支度も整った。

「試し泳ぎをしておけ、榊原」

さっそくお忍びの藩主が声をかけた。

大和高旗藩の泳ぎ手は、足の立つ浅瀬で身を縮こまらせていた。

「水の中のほうがあたたかいで」

見かねた目付が地の言葉で言う。

「はっ」

榊原主水は恐る恐る水に入り、伸しの稽古を始めた。

「そろそろ良いぞ」

立ち泳ぎをしながら、海津与力が言った。

日の光がにわかに濃くなった。

与力がきりりと締めた鉢巻きの白がひときわ鮮やかになる。

火消しの次郎の赤。

大和高旗藩士の青。

ほかの二色も負けずに光る。

「玄庵さん、十数えを始めてくれ」

船の上から、蔵臼錦之助が言った。

講釈師が再び音拡げ器を構えた。

べべん、べんべん、とまず太棹を鳴らす。

「よっ」

弟子が太鼓をでろでろと打ち鳴らした。

「では、十数え終わったら、江戸三つくらべの始まりでござりまする。十、九……」

講釈師の大声が響く。

「八、七……」

橋の見物衆も和す。

「六、五……」

伴走の船からも声がかかった。

「四、三……」

戯作者が指を一本ずつ折っていく。

「二、一……」

支度は整った。

「始めっ！」

かくして、江戸初の三つくらべの幕が切って落とされた。

第八章　永代橋まで（泳ぎ）

一

まず先頭に立ったのは海津与力だった。

昨年の泳ぎくらべでは前半を抑え、最後に抜き去るという老獪《ろうかい》な組み立てをした。

しかし、このたびの三つくらべは違う。

あとに馬と走りが控えている。神馬に無理はさせられないため、依那古神社の宮司は祝詞を唱えながらゆっくり進むことになっている。終いの走りに韋駄天の千之助が控えているとはいえ、できるだけ泳ぎで差をつけておきたいところだった。

海津与力は頭の中で槍を思い浮かべた。

髷のあたりから槍が突き出している。そう思いながら泳ぐのだ。

頭の先から真一文字に伸びた槍。

その向きに沿って泳げば、水に逆らわず、むしろ友として泳ぐことができる。

すいっ、すいっ……。

左手を前へ力強く伸ばし、足の裏で水を蹴り、右手でつかんだ水を後ろに送る。

そうすれば、体はおのずと前へ進んでいく。

「いい調子ですな」

船に乗りこんだ戯作者が言った。

「流れによく乗っておりますよ」

筆を走らせながら、絵師が言う。

「しかし、赤鉢巻きも気張ってますなあ」

蔵臼錦之助が指さした。

海津与力の後を追って、火消しの次郎が懸命に泳いでいた。

「ちょっと無理をしているかもしれません」

絵師が軽く首をかしげた。

海津与力はゆったりと泳いでいるように見える。腕をぐいっと前に送る回数はさほど多くない。

それでいて存外に速いのが巧者の泳ぎだ。水に逆らわず、おのれの身の重みを感じさせないように泳いでいるからこそできる技だった。

それにひきかえ、赤鉢巻きの火消しは力んで泳いでいるように見えた。その差が果たしてどう出るか。

「まあ、初めから離されるわけにもいかないでしょうからな」

戯作者が言った。

「たしかに。人の後ろを泳げば、流れに乗れるので利になりましょう」

絵師がうなずいた。

人が泳げば、流れができる。その流れに乗っていけば、おのれの力を蓄えながら楽に泳ぐことができる。

走りのときも勘どころは同じだ。人の後ろにぴたりとついて走れば、うまく風よけに使い、無駄な力を使わずに走ることができる。

さりながら……。

赤鉢巻きの火消しは、そこまで思案して泳いでいるわけでもなさそうだった。とにもかくにも、前に食らいつく。

その思いで、いくぶん無理気味に手を動かしていた。

「後ろが気になります」

もう一人、船に乗り合わせている白髯《はくぜん》の医者が指さした。

水を入れた竹筒に薬箱。備えに怠りはない。

「大和高旗藩はずいぶん遅れましたな」

蔵臼錦之助が言った。

「ここいらで待ちますかい？」

櫓《ろ》を操っていた船頭が問う。

「そうだな。青鉢巻きがもう見えなくなってしまったので」

医者が気づかわしげに言った。

「承知で」

船頭が答えた。

二

泳いでいるのか、溺れないようにただ浮いているだけか、怪しまれるほどだった。

大和高旗藩の榊原主水の泳ぎだ。

海津与力と同じように、ぐいと左手を前に出す。そこまでは同じだ。

しかし、そこからは雲泥の差だった。

与力は力強く水をかいて後ろへかき出す。足の裏で水をつかんだ蹴りとあいまって、身がすーっと前へ運ばれていく。

片や、大和高旗藩の泳ぎ手は、左手を伸ばしたところでしばしじっとしていた。しかるのちに、顔を右斜め上に持ち上げ、ふーっと大きな息継ぎをする。そしてまた、やおら左手を前に伸ばす。

右手と足は申し訳程度にしか動いていなかった。これでは容易に前へ進まない。

「歯がゆいですな」

伴走の船に乗った目付が渋い表情で言った。

「あれでよい」

お忍びの大名が言った。

「どんどん離れておりますが」

目付が前方を指さした。

白と赤の鉢巻きは、もう点ほどになっている。

「泳ぎさえ乗り切れば、馬で巻き返せる。ここはこらえてつなげばよい」

井筒高俊はそう言うと、ゆっくり泳いでいる榊原主水に声をかけた。

「それでよいぞ、榊原。前は気にするな。追わずともよい」

お忍びの藩主はよく通る声で告げた。

駒形堂《こまがたどう》が対岸に見える。

「気張れー」

「だいぶ遅れてるぞ」

「何やってんだ、青鉢巻き」

見物衆が口々に言った。

「気にするな」

井筒高俊は一蹴した。

「おのれの身の丈に合った泳ぎをすればよい。いつかは終わる」

もどかしいほど遅い藩士の泳ぎを見守りながら、お忍びの大名が言った。

そこへ医者と戯作者と絵師を乗せた船が近づいてきた。

「助けは入り用ですか」

医者が問うた。

「まだ大丈夫だ」

井筒高俊は答えた。

「水筒もありますゆえ、休むときはお声がけを」

医師は伝えた。

「かたじけない」

歯切れのいい声が返ってきた。

「この泳ぎでは絵になりませぬな」

絵師が困ったように小声で言った。

「では、また前へ」

戯作者が両国橋のほうを手で示した。

「承知で」

船頭が再び櫓を漕《こ》ぎだした。

三

「おっ、来た来た」

両国橋に陣取った見物衆の一人が指さした。

「おう、やっと来たか」

「天麩羅の串も食っちまったしよう」

焦《じ》れたような声が響いた。

両国橋の西詰と東詰は、江戸でも指折りの繁華な場所だ。本来は火除け地で、床見世や振り売りや見世物小屋などで大いににぎわっている。今日は三つくらべの見物衆を当てこんで、いつもより多めに屋台が出ていた。

「白が一番だぜ」

「赤も気張ってるぞ」

相変わらず、海津与力と火消しの次郎の競い合いだ。

「気張れー」

「いい勝負だ」

両国橋の上から声が飛んだ。

泳ぎ手が橋の下に消えると、見物衆はわっと下流側に移る。

「押すな押すな」

「おいらが先に入ってたんだぞ」

あちこちで小競り合いまで起きる始末だった。

なかには下流側に移らず、そのまま居残って見物を続ける者もいた。

「もう一組はどうした？」

「早々とやめちまったのか？」

いぶかしむ声があがった。

「あっ、船が見えるぞ」

見物衆の一人が指さした。

「泳いでるぜ」

もう一人が目を瞠った。

相変わらず風がある。川波が立つ大川の水面を、半ば流されるように泳いでいる者の姿が見えた。

「青鉢巻きだ」

「遅《おせ》えなあ、大和高旗藩は」

「あれじゃ土左衛門《どざえもん》が流されてるのと変わんねえぞ」

見物衆は勝手なことを言っていた。

ややあって、ようやく最後尾の泳ぎ手が両国橋にさしかかった。

「気張れー」

「ここまで来たら、もう半ばだぞ」

「次の新大橋は近《ちけ》えからよ」

声援が飛んだ。

吾妻橋から両国橋までは長い。途中に二つの渡しが挟まっているくらいだ。

しかし、両国橋から新大橋まではさほどでもない。新大橋から終いの永代橋までも同じだ。たしかに、ここまで来たらもう半ばといえた。

「伴走の船も気張れ」

「ご苦労さんで」

そんな声もかかった。

お忍びの大名が軽く右手を挙げて応えた。

四

海津与力はまだ力を残していた。
新大橋の下をくぐる。
水面から顔を出すと、与力は素早く前方を目視した。
行く手に小さく、永代橋が見えた。
あそこまで泳げば終いだと思うと、力がまたみなぎってきた。
そのまま顔を横に曲げて息継ぎをする。こうすれば水を呑むこともない。
与力はそういう細かい技も身につけていた。
「だいぶ離れてきましたな」
蔵臼錦之助が言った。
後ろの赤鉢巻きの次郎は、明らかに動きが鈍っていた。
「頭が立ってますからね」
筆を動かしながら、絵師が言う。
息継ぎをするとき、次郎は正面を向いていた。

これだとちょうど波を食らうことがある。水を呑めば、むせてその分苦しくなってしまう。

次郎はいくたびも水を呑んだ。

初めから飛ばしすぎたせいで、腕がにわかに重くなった。前を泳ぐ白鉢巻きがどんどん遠ざかっていく。もう追いつけないと思うと、さらに疲労が募った。

その異変は、伴走の船からも分かった。

「大丈夫か、次郎」

かしらの善吉が声をかけた。

「水ならあるぜ」

仲間が竹筒をかざした。

返事はない。

息継ぎをしようと上げた次郎の顔は苦痛にゆがんでいた。

そこへ川波が襲う。

次郎はまた水を呑み、立ち泳ぎをしながら激しく咳《せ》きこんだ。

「水だ」

かしらが命じた。

「承知で」

竹筒が投じ入れられた。

「あっ」

思わず声がもれた。

助けのほうも焦っていた。手元が狂った竹筒は、泳ぎ手よりかなり手前に落ちてしまった。

次郎は懸命に手を伸ばしてつかもうとした。

だが、無情にも、助けの水が入った竹筒は大川の水に流されてだんだんに遠ざかっていった。

「しまった」

火消しの顔がゆがんだ。

かしらは後ろを見た。

「おーい」

医者が乗った船に向かって手を振る。

「助けの水をくれ」

善吉は精一杯の声で叫んだ。

いくらか離れた船の上で、医者が手を挙げた。

五

だんだん頭がぼうっとしてきた。
いくら息を継いでも、肺の腑に気が入っていかないような感じだ。
目もかすむ。
次郎は苦境に陥っていた。
「だいぶ離されたぞ」
「気張れ、赤鉢巻き」
声援が遠くから聞こえた。
次郎は頭を上げ、前を見た。
だが……。
前の泳ぎ手も、終いの永代橋も見えなかった。
またしても川波が襲う。
次郎は水を呑んでむせた。

「泳ぐ向きが違うぞ」

「それじゃ前へ進まねえ」

伴走の船から切迫した声が飛んだ。

しかし、もう腕が動かなかった。足の動きも鈍くなった。

どちらの肩も容易に回らない。

次郎はいまにも溺れそうだった。

前へ進むどころではない。浮かんでいることすらままならない。

「いけねえ」

かしらの顔がゆがんだ。

「助けますかい？」

火消しが問う。

すぐ返事はなかった。

ここで助けたら、もう三つくらべには加われない。せっかくの馬も走り手も出番がなく、無駄になってしまう。

（兄ちゃん……）

次郎は額に手をやった。

赤い鉢巻きに触る。
兄の形見の御守が縫い取られた、きずなの鉢巻きに触れる。
（おいらを、助けてくれ……）
次郎は必死の思いで念じた。
川波がさざめく。
ひときわ強く風が吹き抜けていった。
その刹那《せつな》、それまで鉄のようにこわばっていた肩が、だしぬけにふっと軽くなった。
まるでだれかが手を添えて、凝りをほぐしてくれたかのようだった。
「水だ」
どこかで声が響いた。
はっとして見ると、身からいくらも離れていないところに、竹筒が浮いていた。
その青さが目にしみるかのようだった。
次郎は必死に手を伸ばした。
（呑め）
死んだ兄の声が響いた。

たしかにそんな気がした。
立ち泳ぎをしながら、次郎は竹筒の水を呑んだ。
のどから胃の腑へ、清冽《せいれつ》な湧き水が下っていく。
五臓六腑もたましいも生き返るかのようだった。
きずな水だ。
（あと少しだ。泳いで次につなげ）
太郎の声が、つい耳元で響いたような気がした。
さらに呑む。
これまで生きてきて、いちばんうまい水を呑んだ。
次郎はしみじみとそう思った。
「大丈夫か」
伴走の船から、かしらが声をかけた。
その顔がはっきりと見えた。
もう一艘、医者や戯作者などを乗せた船の姿もあった。
「助けはいらぬか？」
医者がたずねた。

どうやら竹筒を投げ入れてくれたのは医者のようだ。
「へい」
次郎は短く答えた。
（よし、行け）
兄の声が響く。
次郎の耳には、たしかに聞こえた。
しっかり息を継ぎ、前方を見る。
永代橋の影が鮮明に見えた。
（行くぜ、兄ちゃん）
腕が動いた。
肩を大きく回して、次郎はまた前へ泳ぎだした。

六

「さあさ、見えてきた。先頭は白鉢巻きだ」

講釈師の玄庵が声を張りあげた。

吾妻橋から永代橋まで、早駕籠《はやかご》に揺られてやってきた。道がまっすぐ続いているわけではないから気をもんだが、どうにか間に合った。

「やっぱり強かった、泳ぎの名手。その名は海津力三郎。終いに見せるか水車泳ぎ」

講釈師の声がいちだんと高まる。

「よっ、日の本一」

「泳ぎは海津力三郎がいちばんでえ」

見物衆から声が飛んだ。

その見物衆のなかに、大黒屋の隠居の七兵衛と手代の巳之吉がまじっていた。

初めはつなぎどころの手伝いをするつもりだったのだが、もう手が足りているようなので、泳ぎの終いの橋で海津与力の応援をすることになったのだった。

「あっ、近づいてきましたよ、大旦那さま」

目のいい手代が指さした。

「おお、さすがは海津さま。だいぶ離したね」

七兵衛が目を細めた。

海津与力の泳ぎは最後まで衰えなかった。新大橋を越えてから、さらに力強さを増し、後ろをぐんぐん離していった。

「海津さま、あと少しですぞ」

隠居が精一杯の声を発する。

「しっかりー」

手代も和す。

「さあ、残りはいよいよあと少し。橋をくぐれば勝ち名乗り」

講釈師の太棹がべべんと鳴った。

それを合図にしたかのように、海津与力の泳ぎが変わった。

両腕を水車のように回し、勢いよく水をかきはじめたのだ。

「おおっ」

「水車泳ぎだ」

「凄《すげ》えぞ」

永代橋の見物衆から歓声がわく。

終いにさらに見せ場をつくった海津与力は、そのまま橋をくぐり抜けた。

泳ぎは御用組が一等だ。

「お疲れさまでございます、海津さま」

隠居の声が弾んだ。

岸に上がり、けんけんをしながら耳の水を抜くと、海津与力は馬へのつなぎどころに向かった。

七

次郎は慎重に息継ぎをした。

初めは遠かった永代橋が、ついそこに見える。

長かった泳ぎもあと少しだ。

「気張れ、次郎」

「り組のほまれでい」

橋の上で、纏が揺れていた。

仲間が待っていてくれたのだ。

兄が振っていたほまれの纏だ。

また泳ぎだし、その姿が見えなくなっても、ひとたびまぶたに焼きついたものが消えることはなかった。

「いいぞ、火消し」

「まだ前を追えるぞ」

永代橋の見物衆から声が飛ぶ。

次郎は最後の力を振り絞った。

橋を越えたとき、おのずと涙があふれてきた。それはしばらく止まることがなかった。

「あとはつなぎだ、次郎」

「もうひと踏ん張り」

り組の仲間から声が飛んだ。

そうだ、つなぎだ。

岸に上がって息をついていた次郎は、頭を左右に振った。

そして、しっかりと前を向いて歩きだした。

第九章　泉岳寺まで（馬）

一

「まもなく来ます」

御船手番所の役人が一人、息せき切ってつなぎどころに飛びこんできた。

「支度を」

べつの役人が真斎に告げた。

「承知しました」

依那古神社の神官は、白い神馬にまたがった。

額には白い鉢巻きを締めている。日を受けて輝く狩衣と袴《はかま》、何もかもが神々しいまでに白い。

「おお、来た」

「先頭だ」

声があがった。

海津与力が小気味よくつなぎどころに走りこんできた。

「馬に触れよ」

軍配を手にしたつなぎどころの目付役が言った。

案内役は御船手番所の役人だが、これは下総関宿藩の江戸家老がつとめている。

「頼む」

海津与力は短く言うと、浄雪の長いたてがみに触れた。

「お疲れさまでした」

神官は与力の労をねぎらうと、馬の手綱に力をこめた。

神馬が動きだす。

ただし、駆けだしたのではなかった。いつもと同じ並足だ。

「はい」

真斎が神馬に短く声をかけた。

浄雪が悠然と進む。

その背を見送ると、海津与力は役人から渡された柄杓《ひしゃく》の水を一気に呑み干した。

そして、ふうっと大きく一つ息をついた。

二

つなぎどころの下総関宿藩を出た馬は、広い街道筋に出るまで、いくつもの橋を渡ることになる。

まず湊橋《みなとばし》を渡って霊岸島《れいがんじま》に入り、霊岸橋を渡って南茅場町《みなみかやばちょう》に至る。河岸《かし》づたいに進み、海賊橋《かいぞくばし》を渡る。青物町《あおものちょう》と万町《よろずちょう》を進むと、日本橋の前の高札場《こうさつば》に出る。

ここからは本通りだ。

渡らねばならない橋はあるが、どれもしっかりした造りだ。

京橋《きょうばし》、芝口橋《しばぐちばし》、宇田川橋、金杉橋《かなすぎばし》、芝橋《しばばし》と進み、高輪《たかなわ》の泉岳寺前で走り役につなぐ。本通りに出るまでは慎重に進み、見物衆が多い通りで速駆けに転じるのが骨法のように思われた。

神馬にまたがった真斎は慎重に進んでいた。

「よし、いいぞ」

橋を渡るたびに浄雪のたてがみをなでてやる。

本通りに出るまではさほど道が広くない。見物衆が邪魔にならぬよう、町方の役人が出て目を光らせていた。

なにぶん江戸で初めての大がかりな三つくらべだ。開催にこぎつけるまでは、ほうぼうに根回しをしなければならなかった。それぞれの町の顔役にも筋を通しておかねばならないからひと苦労だ。

「おっ、三つくらべだな」

「気張れ」

南茅場町の河岸で働く男たちから声援が飛んだ。

ただし、いぶかしげな声もあがった。

「三つくらべにしちゃ、走ってねえぞ」

「ただ歩いてるだけじゃねえか」

「違うんじゃねえか？」

なかには首をひねる者もいた。

神馬は進む。

依那古神社の宮司を背に、悠然と進んでいく。

そのうち、沿道から声が飛んだ。

「気張れ、兄ちゃん」

真次だ。

「だいぶ離してますぞ」

親方の太平も声をかける。

椀づくりの仕事場はこの近くにあった。

仕事の手を止め、総出で応援だ。

「おう」

真斎は弟に向かって短く答えた。

そして、日本橋のほうへ進んでいった。

三

次につないだのは火消しだった。

ただし、岸に上がってからの次郎の足取りは重かった。

終盤の力水で息を吹き返したとはいえ、それまでに力を使い果たしていた。御船手番所から下総関宿藩の中屋敷まで、いくらか上りになる。普段ならどうということがない坂が疲れた身にはこたえた。

一歩一歩、腰に手をやりながらも、次郎は懸命に歩いた。

「あとちょっとだ」

「気張れ、次郎」

り組の仲間が一緒に歩きながら励ます。

「火消し、あとちょっとだぞ」

「次の馬で抜いちまえ」

見物衆からも声が飛んだ。

「死んだ兄ちゃんがついてるぞ」

「踏ん張れ、火消し」

大火で亡くなった兄の太郎の分まで戦う次郎の話は、かわら版に載って江戸の民の涙を誘った。おかげで、見物衆の応援は火消しが図抜けて多かった。

よろめきながらも、次郎はつなぎどころに入った。

すでに乗り役は馬にまたがっていた。

「早く」

火消し役の三男、戸田源三郎《とだげんざぶろう》が声を発した。

旗本の三男坊だから、どこぞへ養子に行くまでは充分に暇がある。源三郎もしばしば馬の遠駆けに出かけていた。腕には覚えがある。

馬もいい。見事に筋肉の張った駿馬だ。

「あと少しだ」

「気張れ」

つなぎどころの役人からも声援が飛んだ。

また目がかすんできた。

それでも、次郎は前へ進んだ。

水を含んだ鉢巻きを取り、手に握って一歩ずつ前へ歩く。

そして……。

ついに駿馬に触れた。

「よし」

目付の軍配が揺れる。

「はいよー」

待ちかねたとばかりに、火消し役の三男が馬の脇腹を蹴った。

駿馬が走り出す。

大役を果たした次郎は、その場でがっくりとくずおれた。

「大丈夫か」

「これを呑め」

すぐさま柄杓が渡される。

その水を呑むと、力を出しきった次郎はやっとかすかな笑みを浮かべた。

四

高天原《たかまのはら》に神留《かむづまり》坐《ましま》す、皇親神漏岐神漏美《すめむつかむろぎかむろみ》の命《みこと》以《もち》て……

朗々たる声が響いた。

白馬に乗った神官は、祝詞を唱えながら進んでいた。

三つくらべを行っているという様子ではない。

災い続きだった江戸の町と、そこに住む民を祓うために、天から舞い下りた神官が白馬に乗って練り歩いている。

そんな様子にしか見えなかった。

「ありがたいことで」

なかには両手を合わせて見送る者もいた。

「おいらのかかあは、はやり風邪で死んじまったんだ。ちゃんとお祓いしてくれよ、神主さん」

そんな声も飛んだ。

「こっちは家が焼けちまった」

「お互い大変だな」

「そのうちいいこともあるさ」

「江戸はいくたびも立て直してきたからよ」

見物衆は互いに声を掛け合っていた。

その声は、真斎の耳にも届いた。

祝詞にまたいちだんと力がこもる。

通二丁目の脇道に入る角には、大黒屋の隠居とお店者《たなもの》たちの姿があった。

大店《おおだな》が多いこの界隈だが、塗物問屋は脇道にのれんを控えめに出している。

「やれやれ、どうにか間に合ったね」

七兵衛が額に手をやった。

両国橋から海津与力に声援を送ったあと、通二丁目まで急いで戻ってきた。今日は容易に駕籠がつかまらないから、徒歩《かち》にて急ぐしかない。

「あっ、来ましたよ、大旦那さま」

手代の巳之吉が指さした。

「おお、白馬だ」

「神々しいなあ」

周りから声があがる。

ややあって、神馬に乗った神官が近づいてきた。

「気張ってくださいまし、真斎さま」

ここぞとばかりに、隠居が声をかけた。

祝詞を唱えながらも、依那古神社の宮司はまなざしで応えた。

五

亀の歩みならぬ泳ぎは、ようやく終いを迎えようとしていた。

「橋を越えれば終いだ」

伴走の船から、お忍びの大名が言った。

「なんとかつなげそうですな」

やや疲れた顔で目付が言った。

相も変わらず、見ているほうが焦れるような身のこなしで、榊原主水はおのれの泳ぎを続けていた。

ゆっくりと身を伸ばし、しばし同じ恰好で水面にとどまる。

しかるのちに、身と首をゆるゆると曲げ、慎重に息継ぎをする。

そしてまた、大儀そうに身を伸ばしていく。

もどかしいほど悠長な泳ぎだが、これなら少なくとも溺れることはない。

「よく気張ったぞ、榊原」

井筒高俊が労をねぎらった。

一時はどうなることかと思ったが、地道に身を動かし、遅いながらもようやく終いにたどりついた。これで馬につなぐことができる。

「おお、出てきた」

「橋の下で溺れたかと思ったぜ」

「よく気張ったな、青鉢巻き」

永代橋の下をくぐってきた泳ぎ手に向かって声が飛ぶ。

やっとの思いで終いにたどりついた泳ぎ手は岸に上がった。存外にまだ達者だ。

短い坂を上り、遅ればせにつなぎどころへ向かう。

御子柴大膳はすでに馬上の人となっていた。

「早く」

榊原主水に向かって、焦れたように声をかける。

「おう」

泳ぎ手は懸命に駆け、馬に触れた。

大和高旗藩では指折りの駿馬だ。

「行くぞ」

馬の乗り手は気の入った声を発した。

駿馬はいきなり駆けだした。

真斎と浄雪が慎重に渡った小橋を、恐れも見せず、翔《と》ぶがごとくに駆け渡っていく。

「おお、凄《すげ》え」

「差がつまるぞ」

見物衆が驚きの目を瞠った。

やがて大通りに出た。

「はいよー、はい」

御子柴大膳は、ひときわ強く手綱を動かした。

六

「そろそろ来るぞ」

休みどころへ戻るなり、真造が告げた。

宇田川橋の手前に据えられた休みどころだ。

ちょうどここには、ぎやまん唐物処の千鳥屋の出見世がある。本店は金杉橋だから、出見世のほうが日本橋寄りだ。

次男の幸吉と、的屋の看板娘だったおかみのおまきが切り盛りし、日ごろから繁盛している。ただし、今日は見世を閉め、三つくらべの休みどころに専念していた。

二つの大きな酒樽《さかだる》の上に板が据えられている。その上に載っているのは、にぎり飯や漬け物などだ。

水もある。人ばかりではない。馬に呑ませる水や飼葉も抜かりなく置かれていた。

「あっ、来た」

おまきが真っ先に気づいて指さした。

「兄さん、気張れ」

真造が精一杯の声で告げた。

ややあって、真斎と浄雪が休みどころに姿を現わした。

「わたしはいいから、馬に水をやってくれ」

狩衣姿の神官が言った。

「承知で」

真造は水桶を前に出した。

馬が呑みやすいように、いったん乗り手が下りる。

「せっかくですから、おにぎりをどうぞ」

おまきが笑顔ですすめた。

「そうだな。では、一ついただこう」

真斎が白い歯を見せた。

「こっちが梅干しで、こっちが昆布の佃煮です」

おまきが指さす。

「なら、梅干しを」

真斎は手を伸ばした。

「あとちょっとだ。気張るんだよ」

うまそうに水を呑んでいる神馬に向かって、真造は声をかけた。

飼葉も置いてみたが、これはいらないようだった。胃の腑に物を入れたのは乗り手だけだった。

「あっ、次の馬が来ましたよ」

幸吉が声をあげた。

「赤鉢巻きだ」

「火消しだぜ」

つなぎどころの近くに陣取った見物衆から声が飛んだ。

ややあって、火消し役の三男、戸田源三郎がやってきた。

馬を止める気配はない。手綱をしごき、そのまま駆け去る構えだ。

「休みどころです。お水と食べ物があります」

おまきが声をかけた。

「いらぬ」

真斎と浄雪に一瞥《いちべつ》をくれると、赤鉢巻きの乗り手はそのまま駆け去っていった。

「よし、われらも行くぞ」

真斎が再び神馬にまたがった。

しかし、ここから駆けだしたりはしなかった。

同じ歩みで、祝詞を唱えながら悠然と進む。

「気張ってくださいまし」

「江戸を祓ってくだせえ」

見物衆から声が飛ぶ。

それに応えて、依那古神社の宮司はひときわ凜とした声を発した。

七

二つめにして最後のつなぎどころは、高輪の泉岳寺前に据えられていた。

馬は門をくぐれないため、つなぎどころは寺の前にしたのだ。

三つくらべのしんがりをつとめる走り役たちは、入念に身を動かしながら出番を待っていた。

そこへ、息せききって駆けこんできた者がいた。

め組の若い火消しだ。

「来ますぜ。火消しが一等だ」

街道筋へ出て様子をうかがっていた若い火消しが告げた。

「よし」

走り役が浴衣を脱いだ。

同じめ組の火消しだ。

「初めから飛ばすな」

火消しのかしらが言った。

め組の纏も出ている。昨年の泳ぎくらべで苦杯をなめた火消しにとってみれば、絶好の雪辱の機会だ。みな気合が入っていた。

「合点で」

走り役がぽんと一つ腹をたたいた。

ほどなく、火消し役の三男が馬を駆って入ってきた。

「おう、やったぜ」

「おれらが一番乗りだ」

火消し衆がわき立った。

「よし、よくやったぞ」

戸田源三郎が愛馬の首筋をたたいて労をねぎらった。

「いいですかい？」

走り役がつなぎどころの役人にたずねた。

「馬に触れてからだ」

役人は答えた。

「へい」

火消しは恐る恐る馬の背に触れた。

「頼むぞ」

戸田源三郎が言う。

「合点で」

そう答えるなり、火消しは脱兎《だっと》のごとくに駆けだした。

「馬鹿。抑えていけ」

かしらがすぐさま言ったが、走り役は振り向きもしなかった。

「一番で貯《たくわ》えがあるんだから、あんなに初めから飛ばさなくてもいいのによ」

「いや、後ろが怖《こえ》えんだろう」

見物衆が言う。

その「後ろ」から、次の馬がやってきた。

大和高旗藩の御子柴大膳だ。

泳ぎで大きく出遅れたが、馬は稼ぎどころだ。街道筋に出てからは砂塵《さじん》を巻き上げながら物凄い速さで駆けた。

御用組の神官をたちどころに抜き去り、さらに前を追う。

「はいよー、はい」

しきりに鞭を入れながら、藩士は前を追った。

「何でえ、ありゃ」

「早飛脚並みだぞ」

見物衆から声が飛ぶ。

さすがに乗り手も息が切れてきたが、先頭はまだ見えない。

御子柴大膳は懸命に手を動かした。

そして、泉岳寺に着いた。

「大儀でござった、御子柴どの」

藩主の甥が右手を挙げた。

火消しに続いて、大和高旗藩が最後のつなぎを行った。

「よし」

井筒右近は一つ気合を入れて駆けだした。

八

走り手はもう一人残っていた。

御用組の千之助だ。

その顔に焦りの色は見えなかった。真斎がいちばん遅れて到着することは初めから分かっていたからだ。

足を曲げたり、その場でぴょんぴょんと跳び上がったり、いろいろと備えをしながら神馬が来るのを待つ。

「やっと来たぜ」

め組の火消しが伝えにきた。

「おう」

千之助は答えた。

すでに浴衣は脱いである。無駄な肉が一つもない引き締まった体だ。

ややあって、つなぎどころに声が響いてきた。

ひい　ふう　みい　よう
いつ　むゆ　なな　やあ
ここの　たり……

布留《ふる》の言《こと》だ。

この言霊《ことだま》を唱えると、あらたかな霊験が生じると伝えられている。

一から十まで数を三度繰り返すと、神官の声がひときわ高まった。

ふるべ　ゆらゆらと　ふるべ……

そこで神馬が姿を現わした。

別の世からこの世へ現れたかのような神々しいさまだ。

「真斎さま」

千之助が手を挙げた。

「あとはよしなに」

真斎は表情を変えずに答えた。

「承知で」

浄雪に触れると、千之助はすぐさま駆けだした。

草鞋《わらじ》は履いていない。

裸足《はだし》だ。

足の裏がよく見えるきびきびとした走りで、忍びの裔《すえ》は前を追った。

真斎は馬から下りた。

「よくやったぞ」

神馬の労をねぎらう。

水が来た。

まず浄雪に呑ませる。

続いて、つなぎどころの役人から柄杓をもらい、おのれののどをうるおした。

「ありがたく存じました」

泉岳寺の僧が両手を合わせた。

「できるかぎりのことはしました」

晴れやかな表情で、真斎は言った。

「これでもうしばらく江戸に災いは起きないでしょう」

願いをこめて、墨染の衣の僧が言った。

「そう願いたいものです」

白い狩衣姿の神官が答えた。

第十章　日枝大権現まで（走り）

一

「気張れ、赤鉢巻き」

「火消しが一等だぜ」

沿道から声が飛んだ。

「おう」

赤鉢巻きをきりりと締めた火消しが、さっと右手を挙げて応えた。

泉岳寺の門前から走り出した走り手たちは、伊皿子坂《いさらござか》を中ほどから上りきり、角を右に曲がった。そこからしばらくはまっすぐな道だ。

馬が走ってきた街道とは違う。走りは丘のほうへ上がった通りを進む。途中で馬とすれ違い、差を悟られないようにするためだ。

「いいぞ、火消し」

「め組、気張れ」

見物衆から声援がわく。

最後の走り手は、紺色の半被を着て走っていた。

背には円に「め」と染め抜かれている。

続く大和高旗藩の井筒右近と、御用組の千之助は褌《ふんどし》一丁で走っていた。今日は日差しがある。いくらか風は冷たくとも、走っているうちに身があたたまってくる。

火消しだけが半被をまとっていた。三つくらべの走り手は、め組がつとめている。そのほまれを見物衆に知らしめるためには、半被を着て走るのがいちばんだ。

話がそうまとまり、足自慢の若い火消しが勇んで走りだした。

だが……。

その走りには無駄な力が入っていた。

昨年の泳ぎくらべで、め組の泳ぎ手は初めから飛ばしすぎて息が上がり、苦杯をなめることになった。

同じしくじりを、若い火消しは繰り返そうとしていた。

赤い鉢巻きを巻いた額には、早くも玉の汗が浮かびはじめていた。

二

三田《みた》三丁目の角を左に曲がり、赤羽橋《あかばねばし》のほうへ進む。

おもだった曲がり角には、三つくらべを発案した大和高旗藩の藩士が白い旗を持って立っていた。道に迷わぬようにという備えだ。

これがもし大藩なら、まさかとは思うが公儀に反旗を翻したりする懸念も生まれたかもしれないが、一万石の田舎の小藩ならそんな気遣いはない。おかげで、待ったはどこからもかからなかった。

三河挙母《みかわころも》藩、筑後久留米《ちくごくるめ》藩の上屋敷を通り過ぎて赤羽橋に至る。橋を渡り、飯《いい》倉《くら》から神谷町《かみやちょう》に入る。増上寺《ぞうじょうじ》の裏手に当たるところで、道には上り下りがあるから、走り手にはこたえる。

「気張れ、め組」

「後ろから来てるぜ」

見物衆から声が飛んだ。

火消しが振り向く。

上り下りはあるが、おおむねまっすぐな道だ。遠くまで見通すことができる。

まだその姿は小さいが、かすかに青鉢巻きの男が見えた。

大和高旗藩の走り手だ。

「ちっ」

一つ舌打ちをすると、火消しはまた走りだした。

新下谷町《しんしたやちょう》の角に、案内の藩士が立っていた。

「左に曲がれ」

白い旗が揺れる。

さらに、いくらも行かないところに、もう一人案内役がいた。

今度は右へ曲がれと旗を振る。

そればかりではない。

「休みどころは近いぞ」

案内役はそう声をかけた。

「ありがてえ」

いくらか息が上がってきた火消しが右手を挙げた。

三

武蔵川越《むさしかわごえ》藩、松平大和守《まつだいらやまとのかみ》の上屋敷と、肥前佐賀《ひぜんさが》藩の中屋敷のあいだに、だらだらと上る坂がある。

汐見坂《しおみざか》だ。

建物が少なかったむかしは、ここから海が見えた。ゆえにその名がある。

走り役の休みどころは、その汐見坂の手前にあった。

汐見坂を上りきってもまた坂がある。そこから赤坂《あかさか》御門へ向かい、永田町《ながたちょう》から迂回して日枝大権現を目指す。終いに険しく長い石段があるから、まだまだ大変な道のりだ。

「そろそろ来そうですな」

美濃屋の正作が言った。

わん講の面々であらかじめ分担を決めてあった。ここは瀬戸物問屋のあるじが長《おさ》だ。

ただし、あらかじめ水を汲んだ器は、大黒屋の塗り椀だった。走りながら呑んで放り捨てられるようにという配慮だ。瀬戸物の碗だと割れてしまう。

「支度はできてますので」

わん屋のあるじの真造が笑みを浮かべた。

馬の休みどころが終わり次第、余ったおにぎりや漬け物を竹皮に包み、嚢《ふくろ》へ入れてここまで駆けてきた。裏方も必死だ。

ほかには竹細工職人の丑之助、竹箸づくりの富松、盆づくりの松蔵が控えていた。水も充分にある。

「おっ、来たぞ」

丑之助が指さした。

「火消しだ」

富松が言う。

半被をまとっているからすぐ分かった。

「休みどころでございます」

真造が声をかけた。

「水をくんな」

め組の火消しが身ぶりをまじえた。

「はいよ」

富松が椀を渡す。

立ち止まって受け取ると、火消しはのどを鳴らしてすぐさま呑み干した。

「これから坂が続きます。おにぎりも召し上がってください」

真造が手で示した。

「水だけでいいや」

荒っぽく椀を返すと、火消しはすぐさま走りだしていった。

「気張れ」

「ここからだぞ」

見物衆から声が飛んだ。

「だいぶ汗をかいていましたね」

真造が言った。

「ほんとはおにぎりと、塩気のある漬け物を胃の腑に入れたほうがいいんだがねえ」

美濃屋の正作が少し首をかしげた。

「あれで終いまで保《も》つかどうか」

丑之助が言った。

ほどなく、大和高旗藩の走り手がやってきた。

「差はどれくらいだ」

井筒右近がたずねた。

「次の坂を上ってる頃合いでしょう」

真造は身ぶりをまじえて答えた。

「ならば、詰まってきたな」

手ごたえありげな顔つきで言うと、大和高旗藩の走り手はおにぎりをわしっとほおばった。

水で胃の腑に流しこむ。

「よし」

引き締まった腹をぽんとたたくと、青鉢巻きの武家はまた走っていった。

「気張ってくださいまし」

「いけますぞ」

休みどころの面々から声が飛んだ。

汐見坂をきびきびと上っていく青鉢巻きの背を、真造は見送った。

疲れが見えた火消しより、その走りには明らかに余力があった。

「あっ、来た」

ややあって、富松が声をあげた。

裸足の走り手が休みどころに近づいてきた。

千之助だ。

「どうぞ」

真造が椀を差し出した。

「おう、ありがてえ」

水を呑み干すと、千之助はおにぎりではなく漬け物をわしっとほおばった。

「うめえ」

ひと言発する。

「気張ってくだせえ」

松蔵が言う。

「差は坂一つ半」

美濃屋の正作が告げた。

「それなら終いに追いつけるぜ」

忍びの裔の表情が引き締まった。

「ありがとよ」

短く礼を言うと、千之助はまた走りだした。

「気張れ」

「追いつけるぞ」

見物衆から声が飛ぶ。

臀《しり》が締まった見事な体を駆って、千之助は汐見坂を上りはじめた。

四

溜池《ためいけ》に沿った道を走っていると、日枝大権現の杜《もり》が見える。

だが、そこへまっすぐ向かうことはできない。赤坂御門からぐるりと迂回しなければならないのだ。

赤坂御門では、二人の門番が待ち構えていた。

真っ先に火消しがやってきた。

ただし、その表情はゆがんでいた。

汗で重くなった半被を脱いで走るという考えは思い浮かばなかった。疲れてくると、頭が回らなくなってしまうのだ。

火消しは後ろを見た。

おのれの足が鈍ってきたのが分かるから、しきりに後ろが気になった。

それでも、初めに充分な貯えがあった。見通しの悪い通りでは、次の走り手は視野に入らなかった。

二番手でやってきたのは、青鉢巻きだった。

藩主の甥の井筒右近はまだ足が動いていた。

「大和高旗藩、通ります」

ひと声かけて通る。

「よし、通れ」

御門の役人が声をかけた。

それから一町（約百十メートル）くらいの差で、三番手がやってきた。

白鉢巻きだ。

「御用組、通ります」

千之助がしっかりとした声音で告げた。

「通れ」

役人が通す。

「へい」

千之助は前を見た。

前の走り手の背中がはっきりと見えた。

五

「左へ曲がれ。ここは通れぬ」

役人が旗を振った。

出雲松江《いずもまつえ》藩の上屋敷の前を通り、そのまま三辺坂《さんべざか》を進めば、日枝大権現の二の鳥居への近道になる。

だが、駆けくらべの道は、ここからさらに迂回することになっていた。

永田町から永田馬場へ曲がり、ようやく門前に出る。

一の鳥居を抜けていく門前もかなりの坂だ。

「おう、三つくらべが来たぞ」

「気張れー」

門前の茶見世の客が、団子を食いながら声援を送った。

め組の火消しの顔がまたゆがんだ。

腹がきゅうと鳴る。

休みどころのおにぎりを食わなかったことを、火消しは悔いた。

しかし、もう遅い。銭も払わずに団子を食うわけにはいかない。

鳥居を抜けるとき、火消しは後ろを見た。

「二番手が来たぜ」

「その後ろもいるぞ」

響いてきた声で分かった。

後ろが迫っている。

火消しは懸命に駆けた。

日枝大権現の杜が近づく。

二の鳥居をくぐってしばらく進めば、あとは石段を上るだけだ。

「気張れっ」

「あと少しだ」

ここにはめ組の仲間がいた。

石段を上った終いのところには、り組の火消し衆がいる。上はり組、下はめ組が応援するという段取りになっていた。

「勝てるぞ」

「最後の力だ」

その声援が力になった。

「おう」

ひと声答えるなり、火消しは前へ進んだ。

六

「そろそろ来ますかな」

扇子でおのれをあおぎながら、戯作者の蔵臼錦之助が言った。

長い石段を上ってきたから、顔には疲れの色が見える。

一緒に来た絵師も同じだ。かなりあごが出ていた。

「待つしかねえな」

大河内同心が腕組みをした。

こちらは日ごろから飛び歩いているから涼しい顔だ。

日枝大権現の本殿の前では、三つくらべに関わる者たちが走り手の到着を今や遅しと待ち受けていた。

なかにはお忍びの大名もいた。井筒美濃守高俊は、泳ぎ手をつとめてからこちらに向かってきた海津与力と談笑していた。

「ご注進、ご注進」

そう叫びながら、石段を駆け上がってきた者がいた。

「おう、どうだ？」

井筒高俊がすぐさま訊いた。

どうやら大和高旗藩の藩士らしい。

「三辺坂の前の通過は、火消しが一番。続いて、わが藩。少し遅れて御用組が追いかけております」

早口でそう告げると、大急ぎで石段を上ってきた藩士はみぞおちに手をやった。

永田町の迂回路に入るところの通過順位だ。

「おれらが一番だぜ」

「やっぱり火消しでい」

火消し衆がにわかにわき立った。

そのなかには、泳ぎ手をつとめた次郎の顔もあった。

力を出しつくしたが、つなぎどころで休んだらだんだん体が動くようになった。

おのれのつとめはやりおおせたから、あとは仲間の応援だ。

石段はきつかったが、本殿の前にたどり着いた。亡き兄が振っていた纏も仲間が運んできた。あとは到着を待つばかりだ。

「そろそろ来るから備えを」

大河内同心が言った。

「承知しました」

日枝大権現につとめる者が二人、あるものを手にして立った。

終いの細横幕だ。

真っ白なその細横幕を真っ先に切った組が、ほまれの一番乗りになる。

「いよいよ大詰めですな」

大河内同心が引き締まった表情で言った。

「終いにかわせればいいんだが」

海津与力も顔を見せている。

いまはいなせな着流し姿だ。

「さて、どこの組が一番に来ますか」

蔵臼錦之助が石段のほうをじっと見やった。

七

火消しは懸命に足を動かしていた。

後ろの息遣いが聞こえるようになった。

すぐそこにまで迫られている。

だが……。

残りの石段は少ない。

重くなった足をなだめて、最後の力を振り絞る。

目がかすんだ。

耳も遠くなった。

心の臓が口から飛び出しそうだった。

火消しは続けざまに瞬きをした。
そのかすむ視野に、だしぬけに面妖なものが映った。
おのれが先頭を走っていたはずなのに、違った。
もう一人いる。
前に、いる。
薄い影の男は振り向き、身ぶりで「早く」と告げた。
そのしぐさを見たとき、足が少しだけ軽くなった。
火消しは石段を上った。
後ろの息遣いが大きくなる。
一人ではない。二人だ。
競り合いながら、最後にかわそうとしている。
火消しは懸命に腕を振った。
そして、石段が途切れた。
「気張れー」
「あと少しだぞ」
「そこで終いだ」

さまざまな声が響いてきた。
終いの横細幕が目に入った。
その白さが、目にしみるかのようだった。

八

もらった、と千之助は思った。
石段を上るたびに、前の走り手の背が大きくなってきた。
あと少しだ。
上りきるまでに、大和高旗藩の藩士と並んだ。
向こうも気づいた。
二人でさらに追い、上りきったところで火消しに追いついた。
よし、と思った。
一瞬の足ならだれにも負けない。
この勝負、もらった。
千之助はそう確信した。

だが、そのとき……。
終いの横細幕の前に、異なものが見えた。
赤い鉢巻きを締めた火消しだ。
いままで背中を見ながら追ってきた火消しではない。
その火消しは、いやに影が薄かった。
意想外なものを見た千之助の足が、束の間鈍った。
その一瞬が勝敗を分けた。
「うおおおおっ」
雄叫《おたけ》びをあげながら、め組の火消しは終いの横細幕に向かって突進していった。
我に返り、千之助も追った。
井筒右近も最後の力を振り絞る。
三人の走り手は、ほぼ同時に本殿の前へなだれこんだ。

九

「この勝負……」

旗を持った判じ手が間を持たせた。

日枝大権現の宮司だ。

みな固唾《かたず》を呑んで判定を待つ。

「……火消しの勝ち！」

旗が火消し衆のほうを示した。

「やった」

次郎が叫んだ。

「よくやったぜ」

り組のかしらの善吉が、め組の走り手の肩をたたいた。

「おう、呑みな」

次がしらの甚平が柄杓を渡した。

「へい」

大仕事を終えた火消しが、うまそうにのどを鳴らして水を呑んだ。

次郎の手には纏が渡った。

り組のほまれの纏だ。

「兄ちゃん……」

次郎は瞬きをした。

たしかに、見えた。

火消しの走り手の前を、亡き兄が先導役で走っていた。

真っ先に終いの横細幕を切ったのは、太郎だった。

次郎の目には、間違いなくそう見えた。

敗者たちも清々しい表情をしていた。

「よくやったぞ、右近」

お忍びの大名が甥の労をねぎらった。

「あと一歩及びませんでした」

井筒右近が苦笑いを浮かべた。

「あの泳ぎの差から、よくぞここまで追い上げましたな」

蔵臼錦之助が言った。

「ほぼ同時だったからな。勝ったようなものだ」

井筒高俊は笑顔で答えた。

「いやあ、あとひと押しが足りませんでしたな」

千之助がそう言って白鉢巻きを外した。

「わざとゆるめたのか？」

大河内同心が問うた。

「いや、勝つつもりで石段を上ってきたんですが……まあいいや。力は出したんで」

千之助はそれ以上の弁解をしなかった。

「いい勝負だった」

海津与力がしみじみと言った。

「勝ったな」

「今日は酒がうめえぞ」

火消しの纏が揺れる。

そのさまを、絵師がしきりに筆を動かして書きとめていた。

戯作者も筆を走らせながら、かわら版の文句を思案している。

大和高旗藩の藩主が、海津与力に歩み寄った。

「これで江戸の世が平らかになれば良いな」

井筒高俊が言った。

「まことに、そのとおりで」

海津与力は思いをこめて答えた。

第十一章　銭がつおと手捏《てこ》ね寿司《ずし》

一

次のわん講は三つくらべの打ち上げを兼ねていた。

一枚板の席には、御用組の面々と戯作者の蔵臼錦之助が陣取った。

座敷も半ば貸し切りになった。

大黒屋の隠居の七兵衛をはじめとして、おもだった面々が顔をそろえている。

土間の花茣蓙にはお付きの手代衆だ。円造を遊ばせてくれているから、真造とおみねは心おきなく料理をつくったり運んだりすることができた。

「それにしても、見てきたように書いてありますな」

座敷から大黒屋の隠居が言った。

手にしているのは絵入りのかわら版だ。江戸のほうぼうで飛ぶように売れたらしく、ほかにも持参した者がいた。

「いや、見てきて書いたんですから」

しれっとした顔で、蔵臼錦之助が答えた。

「馬から走りへのつなぎは見てないでしょうに」

大河内同心が渋く笑った。

「まあ、そこはそれということで」

戯作者が笑ってごまかした。

生《しょう》のものを口にしない蔵臼錦之助には、筍の炊き込みご飯と天麩羅を出してある。筍はそろそろ終いごろだが、去り行く季《とき》を惜しむのもいい。

逆に、鰹はようやく値が落ち着いてきた頃合いだ。ほかの客にはさっそくたたきと竜田揚げが供されている。

「これを読んだ者は信じますかねえ」

七兵衛が首をかしげた。

「どのくだりです？」

千鳥屋の幸之助がたずねた。

大黒屋の隠居は、のどの具合をたしかめてから読み上げた。

神々しき白馬が街道を進めば、にはかに雲は切れ、ありがたき後光が差し来れり。

「われこそは天より遣はされしもの。江戸の災ひを祓はん」

馬の乗り手がさう声を発すれば、如来観音のごとき光はいよいよ強く輝きたり。

有難や、有難や。

「兄に見せてこなければ」

厨で手を動かしながら、真造が笑みを浮かべた。

「そもそも、神官なのに如来観音ってのはどうよ」

海津与力が苦笑いを浮かべた。

「まあ、そこはそれで」

戯作者はさらりとかわした。

「終いのほうも相当なものですぜ」

椀づくりの親方の太平が言った。

「なら、読みましょう」

今度は真次が読みだした。

果たしてどの組が一番か
固唾を呑んで見守れば
終ひの白き横細幕を
真つ先に切りしは火消しなり

終いのほうは調子が変わっている。
絵の筆も躍る。
終いの横細幕に向かって、三つの組の走り手がわっと力走している図だ。
真次はさらに続けた。

されど尋常なる火消しに非《あら》ず
暮れの大火で落命せし
り組の纏持ちの太郎であつたと
弟の次郎はたしかに告げたり

さては火消しを助けるべく
あの世から助つ人に現れたかと
見物衆はこぞつて感じ入りぬ

「そりゃあ、おいらも後ろ姿を見たぜ」

千之助が言った。

「話の都合で、そこは略で」

蔵臼錦之助が言う。

「略されちまったよ」

千之助が苦笑いを浮かべた。

「そのせいで、一瞬、足が鈍っちまったんだからな」

海津与力が言った。

「そのとおりで。きっちり終いで抜くつもりだったのに」

千之助はまだいくらか悔しそうだった。

「まあ、円くおさまったからいいじゃねえか」

盆づくりの松蔵が言った。

「そうそう、勝ち負けは二の次だからね」

大黒屋の隠居がそう言って、もろこの甘露煮に箸を伸ばした。

秋刀魚の塩焼きなどは器に困るから出せないが、もろこの大きさなら円い皿につんもりと盛ることができる。

川魚のもろこを素焼きし、番茶と酢で下煮をしてから、生姜を効かせて味を含ませていく。そうすれば癖が抜けてうま味だけが残る。

酒と味醂と砂糖、それに濃口醤油でこっくりと煮たあと、まる一日のあいだ寝かせてじっくりと味を含ませる。手間のかかる料理だが、好評で箸が次々に伸びてもうあらかたなくなってしまった。

「勝ったのは火消しだが、一の功は宮司と神馬だったからな」

大河内同心がそう言って、鰹の山かけを口中に投じた。

たたきばかりでなく、鰹はほかに角煮なども出ている。

「みなありがたがってました」

富松が両手を合わせた。

「急ぎたいところをぐっとこらえて、祝詞を唱えながら進んだんですから」

千鳥屋の幸之助が感心の面持ちで言った。

「かわら版を届けに行ったらどうだい」

海津与力が水を向けた。

「ああ、それはいいかも」

おみねがすぐさま乗ってきた。

「では、来月の休みにでも、円造をつれて」

真造も乗り気で言った。

「そりゃあ、いいね」

座敷から隠居が言った。

「ちょうど青葉が目にしみるような季ですからな」

戯作者がどこか唄うように言った。

二

それからいくらか経った二幕目――。

わん屋ののれんを、そろいの半被姿の火消し衆がくぐってきた。

背には、円に「り」と染め抜かれている。

「いらっしゃいまし」

おちさが声をかけた。

「おう、座敷に上がらせてもらうぜ」

かしらの善吉が言った。

「はい、どうぞ」

手伝いの娘が身ぶりで示した。

「ようこそお越しで」

おみねが出迎えた。

円造はいま昼寝に入ったところだ。

「世話になるよ」

かしらの善吉が言う。

「縄張りじゃねえから、来てるのは半分だけだがな」

次がしらの甚平が和した。

「いらっしゃいまし。みなさん、御酒《ごしゅ》でよろしいでしょうか」

厨から出てきた真造が問うた。

「いいぜ」

「今日は新たな半被の祝いだからよ」

火消しの一人が謎をかけるように言った。

「新たな半被ですか」

わん屋の夫婦は互いに顔を見合せた。

うち見たところ、前に来たときと同じ半被のように見えたからだ。

「ちょいと立って見せてみな」

「へい」

かしらにうながされて立ち上がったのは、次郎だった。

いくらか芝居がかったしぐさで後ろを向く。

「あっ、これは」

一枚板の席に陣取っていた七兵衛が声をあげた。

「えっ、分かりませんな」

油を売りにきた的屋のあるじの大造が首をひねった。

「円の色が変わってます」

巳之吉が指さした。

「お付きさんの言うとおりで」

かしらが言った。

「円の色が白から赤へ変わったんでさ。かしらは金、次がしらのおれは銀、そして、赤い円は……」

甚平が間を持たせる。

「おい、おめえから言いな」

かしらがうながした。

「へい」

次郎は向き直った。

「赤い円は纏持ちの証《あかし》で」

若い火消しは誇らしげに告げた。

「すると、兄さんの後を継いで」

おみねが続けざまに瞬きをした。

「それはそれは、おめでたく存じます」

真造も笑顔で言った。

「兄ちゃんの名を汚さねえようにしねえと」

次郎は引き締まった表情で言って坐《すわ》った。

「てわけで、今日は新たな纏持ちの祝いだ」

「どんどん酒と料理を持ってきてくんな」

善吉と甚平が言った。

真造は意気に感じてさまざまな料理をつくった。

まず、腹が減っていると聞いたので、梅焼き飯をつくった。

中食の膳にも出したが、充分に仕込みをしてあったから二幕目にも出せた。

三つくらべのおにぎりでも好評だったが、わん屋が使っている梅干しには定評がある。その梅肉をほぐし、包丁で細かくたたいて醬油でのばしておく。葱や玉子や蒲鉾などを具にした焼き飯にそれをまぜ、よく鍋を振ってなじませてから削り節を加えれば出来上がりだ。

「こりゃうめえ」

「手が止まらねえや」

火消し衆の評判は上々だった。

中食では浅蜊《あさり》汁と小鉢をつけた。二幕目では、浅蜊は酒蒸しにした。座敷でちゃりんちゃりんと涼やかな音が響く。

「銭がたまりそうだな」

「そうあってもらいてえ」

火消し衆は上機嫌で呑み食いを続けた。

一枚板の席には渋い肴が出た。

赤貝のぬただ。

分葱と赤貝の酢味噌和えで、色合いもなかなかに粋だ。これは美濃屋の瀬戸物を器にした。

「赤つながりの肴かい？」

隠居が訊く。

「いや、そういうわけじゃないんですが」

真造が答えた。

「三役に見立てた田楽などはどう？」

おみねが水を向けた。

「なるほど、金、銀、赤に近い色合いにすることはできるな」

真造はさっそく田楽をつくりだした。

赤味噌に白味噌、それに、玉子の黄身をまぜた黄金味噌。これで三色がそろう。

素焼きの円い大皿に、三つ矢をかたどって盛り付けると、ひときわ見栄えがした。

「火消しの三役田楽でございます」

おみねが座敷に運んでいった。

「おう、こりゃ豪勢だ」

「ほんとに三役になってるぞ」

火消し衆から声が飛んだ。

「なら、金をもらうぜ」

かしらの善吉が初めの串をつかんだ。

「これからも、三本の矢の力を合わせてな」

次がしらの甚平が次郎の顔を見て二本目を手に取った。

「へい。気張ってやりまさ」

兄の後を継いだ纏持ちは、引き締まった顔つきで赤味噌の田楽の串をつかんだ。

そして、わしっとほおばって笑みを浮かべた。

三

「そうだ。そうやって構えるんだ」

剣術指南の柿崎隼人が言った。

「しっかり」

おみねが声をかけたのは、円造だった。

跡取り息子はわらべ用の竹刀を手にしていた。

いちばん短い竹刀だが、それでも持ちかねている。

「えいっ、と振り下ろしてみなさい」

剣術指南の武家が言った。

例によって、門人たちとわん屋ののれんをくぐってくれた。なるたけ若いうちから剣術の修業をさせたほうがいいと、このところはわらべ向けの竹刀をあれこれ思案してつくっているらしい。今日はそのうちの一本を土産に持ってきた。

「えいっ」

円造は見よう見まねで竹刀を振った。

「横じゃなくて縦だよ」

一枚板の席から、大黒屋の隠居が言った。

「横に振ったら危ないからな」

大河内同心が笑みを浮かべる。

「こう？」

円造は竹刀を振り下ろした。

「そう、その調子」

柿崎隼人がすぐさま言う。

「先は剣豪だぞ」

「偉いもんだ」

門人たちに持ち上げられて、円造は笑顔になった。

「ところで、三つくらべはいずれまたやるんですかい？」

七兵衛が大河内同心に訊いた。

「いやあ、それがなあ」

同心はにわかにあいまいな顔つきになった。

「江戸の民の評判は良かったんだが、なにぶん大通りを長々と止めちまったもんで、ほうぼうから苦情が出ちまって」

同心はそう告げた。

「今日は海津様が大和高旗藩へ伝えにいったところで」

手下の千之助が言った。

「すると、一度きりで沙汰止《さたや》みかい？」

隠居は残念そうな顔つきになった。

「大店《おおだな》のなかには、幕閣に賄賂《まいない》を贈ってる者もいるからな。荷車や駕籠や飛脚なんかも止まるからいかがなものかという声もあると聞いた」

同心が言う。

「そりゃ、はた迷惑って言やあ、そのとおりですがね」

七兵衛はそう言って、銭がつおを口中に投じた。

鰹の身を細かく切り、まんべんなく包丁でたたく。それをすり鉢でよくすり、赤味噌や生姜汁や小麦粉を加える。

それを菜箸に巻きつけてじっくり焼く。焼きあがったら菜箸を抜き、同じ厚さに切り分けると、鰹が銭のかたちに化ける。見てよし、食べてよしの酒の肴だ。

「ほんとに、おいしゅうございますね」

お付きの巳之吉も銭がつおを食して笑みを浮かべた。

「それに、大和高旗藩なんぞという小藩が目立つのを快く思わねえ向きもあるらしい。ま、そんなわけで、このたびのような三つくらべは一度きりになるだろうよ」

大河内同心が言った。

「そりゃ残念ですが、冥途の土産にはなりましたな」

と、隠居。

「まだまだ長生きしてくださらないと」

真造が笑みを浮かべたとき、座敷でまた声があがった。

「おお、一本だな」

剣術指南の武家が髭面《ひげづら》をほころばせた。

竹刀を振り下ろした円造は得意げだ。

「良かったね、ほめていただいて」

おみねが笑顔で言った。

「うんっ」

円造は竹刀を握ったまま元気よく答えた。

四

道場の面々が引き上げ、座敷の片付けが済んだ頃合いに、海津与力に先導された一行が入ってきた。

「これはこれは」

おみねが目を瞠った。

光沢のある結城《ゆうき》紬をまとった武家は、お忍びの大和高旗藩主だった。

「上がらせてもらうぞ」

井筒美濃守高俊が座敷を手で示した。

「どうぞ、お上がりくださいまし」

おみねが身ぶりで示した。

藩主に続いて、三人の武家が座敷に上がった。

泳ぎ手の榊原主水、馬の乗り手の御子柴大膳、走り手の井筒右近。三つくらべに出場した面々だ。

少し遅れて、目付もやや大儀そうに座敷に上がった。どうやら今日は遅ればせの打ち上げめいたものらしい。

「いきさつは伝えておいた」

海津与力は一枚板の席に歩み寄り、大河内同心に小声で告げた。

「さようですか。お役目ご苦労さまで」

同心が労をねぎらう。

「なら、やっぱり沙汰止みで？」

千之助も声を落として問うた。

「残念ながら、そうなる」

与力は答えた。

千載一遇の好機を逃した千之助は何とも言えない表情になった。

「あとで座敷に呼ばれるだろうが、まずは料理を出してくれ、あるじ」

海津与力は厨の真造に声をかけた。

「承知しました」

真造は気の入った顔つきで答えた。

ちょうど鰹の手捏ね寿司を出そうとしていたところだった。座敷の客に訊いたところ、小腹が空《す》いているらしい。真造は大車輪で酢飯を多めにこしらえた。

鰹の身はすでに漬《づ》けにしてあったが、これも足すことにした。醬油が二、味醂が一の割りだ。むやみに長く漬けなくても、いい塩梅に仕上がる。

「小藩のわれらにばかり光が当たるのを快く思わぬ向きもあろう。たとえ一度きりになろうとも、三つくらべに出たほまれに代わりはないからな」

お忍びの大名は三人の武家に言った。

「それがしは、ほまれにはほど遠い出来でございましたが」

泳ぎで大きく出遅れた榊原主水が髷に手をやった。

「いや、いちばん案じていた役だったゆえ、ほまれに思え」

井筒高俊が白い歯を見せた。

「ありがたき幸せに存じます。頂戴した品は家宝にいたしますので」

榊原主水がていねいに一礼した。

三人の武家には、すでに上屋敷で褒美の品を渡してあった。

「江戸の町を馬で駆け抜けることはもうありますまいな」

いくらか遠い目つきで、御子柴大膳が言った。

「駿馬と神馬で首尾よく江戸を祓うことができた。思い残すことはあるまい」

お忍びの藩主が言う。

「はっ」

馬の乗り手が短く答えたとき、おみねとおちさが盆を運んでいった。

まずは酒と、一枚板の席にも出た銭がつおだ。

ひとわたり酒が行き渡ったところで、手捏ね寿司ができた。

酢飯にしっかり味をつけ、漬けにした鰹を散らす。薬味は青紫蘇《あおじそ》のせん切りと生姜のみじん切りと白胡麻だ。さっぱりとした味わいで、いくらでも胃の腑に入る。

「美味でございますね、殿」

御子柴大膳が思わず言った。

「おれは剣術指南の筒井俊高という武家だ」

お忍びの大名が笑った。

「や、これは」

今度は馬の乗り手が髷に手をやった。

続いて、金麩羅《きんぷら》が出た。

衣に卵黄をまぜた天麩羅で、金色《こんじき》に輝くとまではさすがにいかぬものの、ただの天麩羅より見栄えがする。

「海老の赤に合いますな」

目付が満足げに言った。

「おお、さくっとしておりまする」

井筒右近が笑みを浮かべる。

「うん、うまい」

藩主も満足げだ。

金麩羅は一枚板の席にも出た。

こちらは海老と鱚だ。

「まあ、ほとぼりが冷めたころに、また江戸を祓うために何かやってもいいだろう」

海津与力がそう言って、鱚の金麩羅を口に運んだ。

「また泳ぎくらべをやってもよござんしょう」

隠居が言う。

「目先を変えて石段の上り比べとか、いろいろ思案はできますからな」

大河内同心が案を出した。

「ああ、それなら望むところで」

千之助がすぐさま言う。

「迷惑がかからないところでやれば、大店からも文句は出ないでしょうから」

大黒屋の隠居が言った。

それからややあって、座敷の藩主から声がかかった。

どうやら持参したものがあるらしい。

「このたびの三つくらべの立役者は、そなたの兄の神官だ。ほかの組に抜かれても焦ることなく、神馬に乗って江戸を祓ってくれた。この功に報いるべく……」

井筒高俊は目付に目配《めくば》せをした。

目付は紫の袱紗《ふくさ》に包んだものを取り出した。

「これは当家に伝わる魔除けの短刀だ。神社にさようなものは向かぬかもしれぬが、これを遣わして謝意を表したいと思う」

大和高旗藩の藩主は言った。

「魔除けの短刀を、兄に」

真造は緊張の面持ちで言った。

「さよう。そなたが渡してきてくれるか」

お忍びの大名が訊いた。

「承知しました」

真造は一礼して受け取った。

「依那古神社に、必ず届けてまいります」

わん屋のあるじは引き締まった顔つきで言った。

終章　神馬と荷車

一

けふとあす
里がへりの為《ため》
お休みさせていただきます
わん屋

わん屋の前に、そんな貼り紙が出た。

「なんでえ、休みかよ」

「昼はわん屋に決めてたんだがな」

「よそを探さなきゃ」

なじみの左官衆がそれを見て言った。

ちょうどそこへ、支度を整えたおみねが円造をつれて出てきた。

真造は先に駕籠を探しに出ている。円造はまだ長く歩かせられないが、だいぶ重くなったから西ヶ原村まで背負って歩くのも大儀だ。そこで、おみねと円造だけ駕籠に乗せ、真造はそれについて走ることにした。

「おっ、どっちの里へ帰《けえ》るんだい」

一人の左官がたずねた。

「あるじの里の西ヶ原村です。わたしの里は秩父《ちちぶ》の三峯大権現なので」

おみねが笑みを浮かべて答えた。

「そりゃ、ちと遠いな」

「だいぶ遠いぜ」

「なら、また三日後にでも来るぜ」

左官の一人が手を挙げた。

「相済みません。お待ちしております」

おみねはていねいに頭を下げた。

「おまち、おまち」

円造も声をかける。

「さすがだな、跡取り」

「それだけ言えりゃ大丈夫だぜ」

「子は育つもんだ」

左官衆は笑顔で言った。

二

駕籠は首尾よく見つかった。

西ヶ原村の依那古神社まで、駕籠は調子よく進んでいった。

「依那古神社って言やあ、えっ、ほっ」

「三つくらべに出た宮司の神社でさ、えっ、ほっ」

息を合わせて駕籠をかつぎながら、先棒と後棒が言った。

「その宮司はわたしの兄でして」

後ろをゆっくり走る真斎が答える。

「なんだ、そうだったのかい、えっ、ほっ」

「江戸の民は、みなありがたがってたよ、えっ、ほっ」

駕籠屋は笑顔で言った。

途中でぱらりと雨が降ったが、幸いにも本降りにはならなかった。

一行は滞りなく西ヶ原村の依那古神社に着いた。

真造たちの到着が分かっていたかのように、宮司の真斎が出迎えた。

「よく来たね」

真斎は円造の頭に手をやった。

「おみやげ、あるよ」

円造は笑みを浮かべて言った。

「ほう、よく言えたね」

真斎は白い歯を見せた。

「預かってきたものもあるから」

真造が告げた。

「あっ、浄雪が」

おみねが指さした。

ちょうど弟子の空斎が引き運動から戻ってきたところだった。

「おうまさん！」

円造の声が弾む。

「そうだね。お馬さんだね」

依那古神社の宮司が笑った。

「おうまさん！」

わらべは興奮して繰り返した。

「真っ白できれいなおうまさんね」

と、おみね。

「あのお馬さんは、江戸の三つくらべに出て街道筋を進んでいったんだぞ」

真造が言った。

「見たかったわね」

円造とともに留守番をしていたおみねが残念そうに言った。

「もう少し近くを通るのなら、見物もできただろうが」

真造が言う。

「まあとにかく、上がってくれ」

真斎が身ぶりをまじえた。

わん屋の家族は、こうして依那古神社の客になった。

三

「このあいだから、これを見た参拝客がいくたりも足を運んでくださったんだ」

かわら版を手にした真斎が、いくらかあいまいな表情で言った。

「神の使いみたいに書いてあるからね」

真造が言った。

荷を置いて、一服しているところだ。

「面白おかしく書くのがあきないだから、それは致し方ないがな」

真斎は苦笑いを浮かべた。

「どうやら三つくらべは一度きりみたいだから、浄雪に出てもらってよかったよ」

真造はそう言って茶を啜った。

「それだと浄雪が勝手に出たみたいだが」

と、真斎。

「いや、もちろん兄さんの祝詞があったればこその神馬だから」

真造は言葉を添えた。

おみねは八浄餅を細かく切って円造に与えているところだった。

当時のわらべはかなり大きくなるまで乳を呑んでいたが、このところの円造は少しずつやわらかいものを食べる稽古もしていた。甘いものがお気に入りだから、依那古神社の名物の八浄餅はちょうどいい。

その様子を見ながら、真造と真斎はなおも三つくらべの話をした。

幕閣とも関わりのある大店などから不満が出るなどして、街道筋を長く止める三つくらべはもうできそうにないことを、真造はていねいに説明した。真斎は折にふれてうなずきながら聞いていた。

「では、一期一会だな」

真斎は言った。

「残念ながら、そうなりそうだね」

と、真造。

「まあ、人生は一期一会の連なりで、そういった人の一生が合わさって江戸の町ができているわけだから」

神官はいやに難しいところへ話を落としこんだ。

「なんにせよ、これでしばらく江戸に災いが起きなければいいんだがね」

願いをこめて、わん屋のあるじが言った。

「もっと食べる？」

おみねが円造に訊いた。

「あんこ、たべる」

わらべは答えた。

「あんこだけ？」

おみねが問う。

「うん」

円造はうなずいた。

「厨にあるから、取ってこよう」

真斎が立ち上がった。

「相済みません。わがままで」

おみねがわびた。

「七つまでは神のうちと言われるからね」

真斎は笑って答えた。

四

せっかく来たのだからと、真斎は円造のお祓いまでしてくれた。本殿が広いのではしゃいでいた円造だが、このときばかりは神妙にしていた。

夕餉までまだ間があるから、神社の周りを散歩することにした。

「おや、かわいい坊だねえ」

畑仕事をしていた農夫が日焼けした顔をほころばせた。

「神社にゆかりの者で、泊まりに来たんですよ」

おみねが答えた。

「そうかい。江戸からかい？」

農夫がたずねた。

その女房と、せがれとおぼしい男も近くで手を動かしている。

「江戸から歩いてきなさったんで？」

農夫はさらに問うた。

「いえ、この子がまだ小さいもので、駕籠で来ました」

おみねが答えた。

「わたしは後ろについて走りましたが」

真造が手を動かしてみせた。

「はは、そりゃ大変だ」

と、農夫。

「いつ帰るんです？」

今度はせがれが問うた。

「明日の午《ひる》までに発って、江戸へ戻るつもりです」

真造は答えた。

「江戸で料理屋をしているもので、仕込みもありますので」

おみねが言葉を添えた。

「なら、荷車に乗せていっておやりよ」

女房がせがれに言った。

「明日は巣鴨《すがも》の市へ朝穫《ど》れの野菜を運びますんで」

せがれが笑顔で言った。

「そうですか。この子だけでも乗せていただければ助かります」

おみねは円造のほうを手で示した。

「わたしが荷車の押し役をしますので」

真造も身ぶりをまじえた。

「そりゃあ助かります」

せがれが答えた。

「これ、宮司さんに差し入れで」

女房が収穫したばかりの小松菜を差し出した。

「それはそれは、ありがたく存じます」

真造は礼を言って受け取った。

「神社はこのあたりのほまれなんで」

農夫の顔がまたほころんだ。

「宮司さまが江戸の町をお馬に乗って練り歩いて、みな土下座してありがたがったっていう評判で」

女房が言う。

いつのまにか話に尾ひれがついていた。それではまるで大名行列だ。

「たんと持ってってくだせえ」

せがれがまた小松菜を差し出した。

「さっそく夕餉に使わせていただきます。ありがたく存じます」

真造は重ねて礼を述べた。

五

神社に戻った真斎は、厨でうどんを打った。

「こうやって力を入れてこねてるうちに、こしが出てくるんだ」

樽の上にちょこんと座って見物している円造に向かって、真造は言った。

うどんは粉と水と塩だけでつくることができる。塩の加減は季節によっていくらか違うが、あとは力を入れてこねたり板にたたきつけたりしているうちに生地がまとまってこしが出てくる。

「こしって、なあに？」

円造がたずねた。

「食べごたえのことよ」

お守りをしていたおみねが答えた。

「まだ難しいな。食べられる物が少ないんだから」

真造はそう言って、またうどん玉を力強く板に打ちつけた。

「それもそうね。じゃあ、うんとやわらかくゆでてもらったのを食べてみる？」

おみねが円造に訊いた。

「うん」

わらべはこくりとうなずいた。

打ち上がったうどんを切って粉をはたき、いくらか寝かせてからゆでた。

具はもらったばかりの小松菜だ。ゆでると鮮やかな色合いになった。

たくさんもらったから、お浸しと胡麻和えもつくった。それに豆腐や昆布豆などを添えると、品数の多い小松菜うどんの膳になった。

「うん、うまいな」

食すなり、真斎が笑みを浮かべた。

「こしがあっておいしいです」

弟子の空斎も満足げに言う。

「これならうちの中食でも出せそうね」

おみねが言った。

「そうだな。天麩羅をつけると見栄えがするかもしれない」

真造は乗り気で答えた。

「それにしても……」

真斎は箸で小松菜をつまんで軽くかざしてから続けた。

「鮮やかな色だね。この色一つを見ても、神々から与えられたもののありがたさが分かるよ。もちろん、人からいただいたものも大変にありがたいんだが」

依那古神社の神官はそう言って、ご神体のほうをちらりと見た。

ご神体の鏡の前には、大和高旗藩主から褒美に遣わされた短刀が供えられていた。しばらくはそのままにして謝意を表するらしい。

「食材の一つ一つが神さまから与えられたものだから、心してつくらないと」

真造はそう言ってまたうどんを胃の腑に落とした。

ほどなく、奥からとことこと円造が出てきた。

昼寝をしていたのだが、目が覚めたらしい。

「よし、うどんをやわらかくゆでてきてやろう」

真造は箸を置いた。

「食べる？」

おみねが訊く。

「うどん？」

円造は訊き返した。

「そう。おとうがやわらかくしてくれるって」

円造はしばらくわらべなりに思案してから答えた。

「あんこ、たべる」

その答えを聞いて、依那古神社の本殿に笑いがわいた。

六

「しっかりつかまってるんだぞ」

真造がわが子に声をかけた。

「わあ、高いね、円造」

おみねが笑顔で言う。

真斎と空斎に加えて、真造も手を貸して、いま円造を浄雪に乗せたところだ。

手綱を握った真斎が抱っこするかたちになっている。

「よし、首筋をとんとんとたたいておやり」

神官がやさしく言った。

「とんとん？」

わらべはいささか不安そうだった。

無理もない。馬に乗るのは生まれて初めてだ。

「そう。これから進むよという合図だ」

真斎が教えた。

「浄雪はおとなしくて賢いお馬さんだからね」

空斎が言う。

わらべはこくりとうなずくと、真っ白な神馬の首筋をおっかなびっくりたたいて見せた。

真斎が手綱を動かす。

浄雪はゆっくりと歩きだした。

「わあ、動いた」

おみねが言った。

初めのうちは少しおどおどしていた円造だが、浄雪が鳥居をくぐって外へ出る頃合いには、おのずと笑みが浮かぶようになった。

ぽくぽく、ぽくぽくと蹄の音を立てて神馬が歩く。

その白いたてがみを日の光が悦《よろこ》ばしく照らす。

「おうまさん、ぽくぽく」

円造はすっかり上機嫌になった。

「そうね。ぽくぽく歩いてるわね」

おみねは笑顔で言った。

しばらく歩くと、畑から声がかかった。

昨日小松菜をもらった農夫だ。

「あとどれくらいで発たれますかのう」

農夫はたずねた。

「半刻《はんとき》(約一時間)あまりでいかがでしょう」

真造が答えた。

「承知しました。なら、せがれの荷車を回しますんで」

気のいい農夫はそう言ってくれた。

それからしばらくして、わらべを乗せた神馬は神社に戻ってきた。

「そろそろ終わりだよ」

真斎が言った。

「楽しかったか？」

真造がわが子に問うた。

「うんっ」

円造はひときわ元気のいい返事をした。

七

荷車が着いた。

小松菜に三河島菜に滝野川《たきのがわ》牛蒡。けさ穫れたばかりの新鮮な野菜がたくさん積みこまれている。

牛蒡は隣の滝野川村の名産で、西ヶ原村でも栽培されている。味が濃いことで評判だ。

「いたずらをしたら駄目だぞ。これは売り物だからな」

真造がクギを刺した。

「うん」

円造がうなずく。

「明日のうちのお膳にもなるんだから」

おみねも言った。

「ありがてえことで。なら、そろそろ」

農夫のせがれが荷車を引く体勢になった。

野菜と円造を載せた荷車を、後ろから真造が押す。おみねはただ歩いてついていくだけだ。

「では、お世話になりました」

おみねが依那古神社の宮司に向かって頭を下げた。

「ああ、気をつけて」

真斎が笑顔で見送る。

「なら、またいつか」

真造が右手を挙げた。

「達者で」

思いのこもったひと言が返ってきた。

「道中、お気をつけて」

空斎も見送る。

「よし、行こう」

真造が言った。

「はいよ」

荷車が動きだした。

依那古神社の二人に見送られ、わん屋の一行は帰路に就いた。

「うちの野菜、どんな料理になるんですかい？」

荷車を引く若者がたずねた。

「まず、うどんにゆでた小松菜を入れて、ほかの具を足して膳の顔に」

真造は答えた。

「牛蒡は？」

さらに問う。

「金平《きんぴら》もおいしいけど」

おみねが言った。

「牛蒡はかき揚げもうまいから、そっちにしようかと。三河島菜は玉子炒めがうまいし、もちろん小松菜も含めてお浸しや胡麻和えにもできる」

と、真造。

「お味噌汁の具にもなるしね」

どこか唄うように、おみねが言った。

「そりゃあ楽しみだ」

「いつか食べに来てくださいまし。通油町のわん屋ですから」

おみねは如才なく言った。

「来てね」

円造がかわいい声を響かせた。

「そう言われたら、行かねえとな」

若い農夫が笑って答えた。

少し上り坂になった。

「気張って押してくださいまし」

前から声がかかった。

「承知で」

わん屋のあるじは、荷車を押す手にぐっと力をこめた。

［参考文献一覧］

田中博敏『お通し前菜便利集』（柴田書店）
田中博敏『旬ごはんとごはんがわり』（柴田書店）
『人気の日本料理2　一流板前が手ほどきする春夏秋冬の日本料理』（世界文化社）
土井勝『日本のおかず五〇〇選』（テレビ朝日事業局出版部）
畑耕一郎『プロのためのわかりやすい日本料理』（柴田書店）
『一流料理長の和食宝典』（世界文化社）
『土井善晴の素材のレシピ』（テレビ朝日コンテンツ事業部）
野﨑洋光『和のおかず決定版』（世界文化社）
料理・志の島忠、撮影・佐伯義勝『野菜の料理』（小学館）
高井英克『忙しいときの楽うま和食』（主婦の友社）
志の島忠『鍋料理』（婦人画報社）
野口日出子『魚料理いろは』（高橋書店）
鈴木登紀子『手作り和食工房』（グラフ社）
『復元・江戸情報地図』（朝日新聞社）
菊地ひと美『江戸衣装図鑑』（東京堂出版）
ウェブサイト「神道資料集」

本書は書き下ろしです。

実業之日本社文庫　最新刊

井上ひさし
野球盲導犬チビの告白
打率四割七分四厘を残した盲目の天才打者登場！　謎に満ちた彼の生い立ち、驚愕の打法の秘密を、一匹の盲導犬が語る、奇想あふれる物語。（解説・菊池雄星）
い151

伊吹有喜
彼方の友へ
「友よ最上のものを」戦中の東京、雑誌づくりに情熱を抱いて歩む人々を、生き生きとした筆致で描く感動傑作。第158回直木賞候補作。（解説・瀧井朝世）
い161

倉阪鬼一郎
きずな水　人情料理わん屋
順風満帆のわん屋に、常連の同心が面白そうな話を持ち込む。ある大名の妙案で、泳ぎ、競馬、駆ける三種を三人一組で競い合うのはどうかと。江戸人情物語。
く48

沢里裕二
極道刑事　キングメーカーの野望
政界と大手広告代理店が絡んだ汚職を暴くため、神野が闇処理に動くが……。風俗専門美人刑事は、体当たりの潜入捜査で真実を追う。人気シリーズ第4弾！
さ312

知念実希人
崩れる脳を抱きしめて
研修医のもとに、彼女の死の知らせが届く……。愛した彼女は本当に死んだのか？　驚愕し、感動する、恋愛ミステリー。著者初の本屋大賞ノミネート作品！
ち16

堂場瞬一
1934年の地図　堂場瞬一スポーツ小説コレクション
元大リーガーのディックが二六年ぶりに京極の前に現れた。突然の来日の目的は⁉　日米史の〝暗部〟に切り込む傑作エンタメ・サスペンス！（解説・池井優）
と116

実業之日本社文庫　好評既刊

倉阪鬼一郎
下町の迷宮、昭和の幻
遠いあの頃が呼ぶ……田端の銭湯、谷中の紙芝居、浅草の漫談師、錦糸町のチンドン屋。下町に恐怖と郷愁が横溢する昭和レトロホラー。（解説・三島政幸）
く41

倉阪鬼一郎
大江戸隠密おもかげ堂 笑う七福神
七福神の判じ物を現場に置く辻斬り。隠密同心を助ける人形師兄妹が、闇の辻斬り一味に迫る。人情味あふれる書き下ろしシリーズ。

く42

倉阪鬼一郎
からくり成敗 大江戸隠密おもかげ堂
人形屋を営む美しき兄妹が、異能の力をもって白昼に起きた奇妙な押し込み事件の謎と、遺された者の心を解きほぐす。人情味あふれる書き下ろし時代小説。

く43

倉阪鬼一郎
料理まんだら 大江戸隠密おもかげ堂
蝋燭問屋の一家が惨殺された。その影には人外の悪しき力が働いているようで…。人形師兄妹が、異能の力で巨悪に挑む！　書き下ろし江戸人情ミステリー。

く44

倉阪鬼一郎
人情料理わん屋
味わった人に平安が訪れるようにと願いが込められた料理と丁寧に作られた器が、不思議な出来事と人の縁と幸せを運んでくる。書き下ろし江戸人情物語。

く45

実業之日本社文庫　好評既刊

倉阪鬼一郎
しあわせ重ね　人情料理わん屋
身重のおみねのために真造の妹の真沙が助っ人に。そこへおみねの弟である文佐も料理の修行にやって来たことで、幸せが重なっていく。江戸人情物語。
く46

倉阪鬼一郎
夢あかり　人情料理わん屋
わん屋へ常連の同心が妙な話を持ち込んだ。盗賊を追い、偶然たどり着いた寂しい感じの小料理屋。そこには驚きの秘密があった!?　江戸グルメ人情物語。
く47

青柳碧人
彩菊あやかし算法帖　からくり寺の怪
キュートな彩菊が、妖怪が起こす事件を得意の算法で解決！『むかしむかしあるところに、死体がありました。』著者が贈る、新感覚時代×数学ミステリー！
あ162

あさのあつこ
風を繡《ぬ》う　針と剣　縫箔屋事件帖
剣才ある町娘と、刺繡職人を志す若侍。ふたりの人生が交差したとき殺人事件が――一気読み必至の時代青春ミステリーシリーズ第一弾！（解説・青木千恵）
あ122

井川香四郎
桃太郎姫恋泥棒　もんなか紋三捕物帳
讃岐綾歌藩の若君・桃太郎が町娘の桃香に変装して散策中、ならず者たちとの間で諍いに。窮地を救った若き刀鍛冶・一文字菊丸に心を奪われた桃香は――!?
い105

実業之日本社文庫　好評既刊

井川香四郎
桃太郎姫　暴れ大奥
男として育てられた若君・桃太郎。将軍暗殺の陰謀を未然に防ぐべく、「部屋子」の姿に扮して、単身大奥に潜入するが……。大人気シリーズ新章、堂々開幕！
い106

井川香四郎
桃太郎姫　望郷はるか
偽金騒動を通じて出会った町娘・桃香に、商家の若旦那がひと目惚れ。その正体が綾歌藩の若君（!?）と知らない彼は……人気シリーズ、待望の最新作！
い107

田中啓文
文豪宮本武蔵
剣豪・宮本武蔵が、なぜか時を越え明治時代の東京に。人力車の車夫になった武蔵だが、樋口一葉、夏目漱石らと知り合い、小説を書く羽目に…爆笑時代エンタメ。
た65

津本陽
鬼の冠　武田惣角伝
大東流合気柔術を極めた武術家・武田惣角。幕末から昭和まで、闘いと修行に明け暮れた、漂泊の生涯を描く、渾身の傑作歴史長編。（解説・菊池仁）
つ23

津本陽
戦国業師列伝
前田慶次、千利休、上泉信綱……混乱の時代に、特異な才能で日本を変えた「業師」たちがいた！　その道を究めた偉人の生きざまに迫る短編集。（解説・末國善己）
つ24

実業之日本社文庫　好評既刊

五十嵐貴久
学園天国
新婚教師♀と高校生♂はヒミツの夫婦!? 平和な学園生活に忍び寄る闇にドタバタコンビが立ち向かう。懐かしくて新しい! 痛快コメディ。（解説・青木千恵）
い34

五十嵐貴久
あの子が結婚するなんて
突如親友の結婚式の盛り上げ役に任命？ 複雑な心境で準備をはじめるが、新郎の付添人に惹かれてしまい——!? アラサー女子の心情を描く、痛快コメディ！
い35

池井戸 潤
空飛ぶタイヤ
正義は我にありだ——名門巨大企業に立ち向かう弱小会社社長の熱き闘い。『下町ロケット』の原点といえる感動巨編！（解説・村上貴史）
い111

池井戸 潤
不祥事
痛快すぎる女子銀行員・花咲舞が様々なトラブルを解決に導き、腐った銀行を叩き直す！ テレビドラマ「花咲舞が黙ってない」原作。（解説・加藤正俊）
い112

池井戸 潤
仇敵
不祥事を追及して職を追われた元エリート銀行員・恋窪商太郎。彼の前に退職のきっかけとなった仇敵が現れた時、人生のリベンジが始まる！（解説・霜月 蒼）
い113

実業之日本社文庫　好評既刊

伊坂幸太郎
砂漠
この一冊で世界が変わる、かもしれない。一瞬で過ぎる学生時代の瑞々しさと切なさを描いた一生モノの傑作長編！　小社文庫限定の書き下ろしあとがき収録。
い12 1

今野 敏
マル暴甘糟《あまかす》
警察小説史上、最弱の刑事登場⁉　夜中に起きた傷害事件は暴力団の抗争か半グレの怨恨か。弱腰刑事の活躍に笑って泣ける新シリーズ誕生！（解説・関根 亨）
こ2 11

今野 敏
マル暴総監
史上〝最弱〟の刑事・甘糟が大ピンチ⁉　殺人事件の捜査線上に浮かんだ男はまさかの……痛快〈マル暴〉シリーズ待望の第二弾！（解説・関口苑生）
こ2 13

周木 律
不死症《アンデッド》
ある研究所の瓦礫の下で目を覚ました夏樹は全ての記憶を失っていた。彼女の前に現れたのは人肉を貪る異形の者たちで⁉　サバイバルミステリー。
し2 1

周木 律
幻屍症　インビジブル
絶海の孤島に建つ孤児院・四水園――。閉鎖的空間で起こる恐るべき連続怪死事件に特殊能力「幻屍症」を持った少年が挑む！　驚愕ホラーミステリー。
し2 2

実業之日本社文庫　好評既刊

周木 律
土葬症　ザ・グレイヴ
探検部の七人は、廃病院で肝試しをすることに。そこには死んだ部員の名前と不気味な言葉が書かれた卒塔婆が立っていた……。恐怖のホラーミステリー！
し２３

知念実希人
仮面病棟
拳銃で撃たれた女を連れて、ピエロ男が病院に籠城。怒濤のドンデン返しの連続。一気読み必至の医療サスペンス、文庫書き下ろし！（解説・法月綸太郎）
ち１１

知念実希人
時限病棟
目覚めると、ベッドで点滴を受けていた。なぜこんな場所にいるのか？　ピエロからのミッション、ふたつの死の謎…。『仮面病棟』を凌ぐ衝撃、書き下ろし！
ち１２

知念実希人
リアルフェイス
天才美容外科医・柊貴之。金さえ積めばどんな要望にも応える彼の元に、奇妙な依頼が舞い込む。さらに整形美女連続殺人事件の謎が…。予測不能サスペンス。
ち１３

知念実希人
レゾンデートル
末期癌を宣告された医師・岬雄貴は、不良から暴行を受け、復讐を果たすが、現場には一枚のトランプが……。最注目作家、幻のデビュー作。骨太サスペンス!!
ち１４

実業之日本社文庫 く48

きずな水《みず》　人情料理《にんじょうりょうり》わん屋《や》

2020年10月15日　初版第1刷発行

著　者　倉阪鬼一郎《くらさかきいちろう》

発行者　岩野裕一
発行所　株式会社実業之日本社
〒107-0062　東京都港区南青山5-4-30
CoSTUME NATIONAL Aoyama Complex 2F
電話［編集］03(6809)0473［販売］03(6809)0495
ホームページ　https://www.j-n.co.jp/
DTP　ラッシュ
印刷所　大日本印刷株式会社
製本所　大日本印刷株式会社

フォーマットデザイン　鈴木正道(Suzuki Design)

ISBN978-4-408-55617-8（第二文芸）